고정욱 선생님이 들려주는
용기와 희망의 이야기

예쁜 강아지
키울 사람

글 고정욱 | 그림 송다미

생각연필
독서논술
독후활동지 수록

도서출판 명주

머리말

연초에 작년에 발간된 책《대학생 형이 세 번 놀란 이유》와《차에 앉아만 있는 아저씨》가 독자들의 사랑을 받고 있습니다. 어려운 경제 상황에도 사랑과 배려, 칭찬과 격려의 이야기들을 엮은 것이 어린이들과 부모님의 가슴에 와닿은 모양입니다.

사랑과 배려는 남을 돕고 생각해 주는 것입니다. 하지만 가만히 생각해 보면 남의 도움을 받는 사람은 언제나 그렇게 배려만 받아야 할까요? 그렇지는 않습니다. 아무리 힘든 처지에 있더라도 그 어려움을 이겨내야 합니다. 병아리가 알 껍질을 깨고 밖으로 나오듯 고난을 뚫고 나와야 하는 것입니다.

그러려면 필요한 것이 용기와 희망입니다. 두려움을 떨쳐내고 자신의 처지를 이겨내려는 용기와 앞으로 반드시 행복해질 것이라는 희망을 가지고 있는 사람은 결코 좌절하거나 패배하지 않는답니다.

그래서 이번에는 초등학교 고학년 어린이들을 위해 용기와 희망이라는 주제로 이야기들을 엮었습니다. 이 책을 읽은 어린이들이 자신의 처지를 비관하거나 좌절하지 말고 용기를 내서 희망으로 힘차게 나아가길 바랍니다.

2022년 여름

북한산 기슭에서, 고정욱

차 례

아빠 죽으면 안 돼

크리스마스 이브, 낮부터 하늘이 시커멓게 흐리더니 저녁때가 되자 눈이 내리기 시작했습니다. 산에도 들에도 지붕 위에도 눈발이 휘날렸습니다. 어두워지면서 눈이 점점 더 많이 내리더니 온 세상을 하얗게 덮었습니다.

쌓인 눈 때문에 세상은 조용해졌습니다. 동네 아이들이 골목에 나와 눈싸움을 하고 눈사람도 만들었지만, 시간이 지나니 다 집으로 돌아갔지요.

차들도 끊기고 사람들도 다니지 않습니다. 서 널리 개싲는 소리가 들려오고 있을 때도, 눈은 계속계속 내렸습니다. 발목을 빠뜨릴 정도이던 눈은 이윽고 정강이까지 차 오르는 큰 눈이 되었습니다. 신문과 라디오에서는 폭설이라고, 30년 만에 내린 눈이라고 난리들이었습니다.

밤늦은 시간, 그런 눈길을 걸어오는 두 그림자가 있습니다. 작은 그림자는 큰 그림자를 부축하며 움직였어요.

"아빠! 조금만 힘을 내세요."

"그, 그래."

아빠는 병에 걸린 사람이었습니다. 걸을 때마다 기침을 하며 목에서는 가래 끓는 소리가 났어요. 아들이 그런 아빠와 함께 힘겹게 어딘가로 가는 길입니다.

마을 한가운데에 자그마한 기와집이 있습니다.

"저기예요! 저기….."

"그래. 고모네 집이 맞구나! 어서 가보자."

아들은 쌓인 눈을 헤치며 천천히 걸어오는 아버지를 뒤로 하고 달려가, 기와집의 대문을 다급하게 두들겼습니다.

"고모! 계세요? 고모!"

한참을 기다리자 불이 켜지더니, 안에서 누군가 나왔습니다.

“누구세요?”

“저예요! 준영이!”

“준영이?”

대문이 열리더니 스웨터 앞자락을 손으로 여민 낯선 아주머니가 밖을 내다보았어요.

“넌 누구니?”

아들은 깜짝 놀라 물었습니다.

“여긴 우리 고모집인데요.”

“고모집?”

뒤늦게 따라온 아빠가 물었습니다.

“여, 여기 이민영 씨 집 아닙니까?”

“아! 이사 간 집 얘기하시는 모양이군요.”

“이, 이사요?”

"네! 지난 가을에 이 집 팔고 이사 갔어요.”

“……”

아주머니는 추워서 빨리 들어가야겠다는 듯 문을 쾅 닫고 들어갔습니다.

아빠와 아들은 갑지기 갈 곳이 없어졌어요.

“아빠, 어떡해요!”

“그, 글쎄다.”

아빠는 오래전에 직장을 잃었습니다. 그리고 하는 일마다 실패하면서 마침내 엄마도 집을 나가버렸어요. 빚쟁이들이 늘 괴롭히는 바람에 집과 재산을 모두 잃어버리고, 아빠는 아들과 함께 잠깐 몸을 맡기려고 왔는데, 여동생은 아무 연락 없이 다른 곳으로 이사를 가고 만 것입니다.

“아빠, 안 되겠어요. 버스 터미널로 돌아가요.”

“그래야겠다. 너무 추워서 얼어 죽을 것 같아.”

아빠와 아들은 버스 터미널을 향해 왔던 발걸음을 돌렸습니다. 하지만 마지막 희망이 스러져 아빠는 온몸의 기운이 고무풍선에 바람 빠지듯 새나가는 것 같았습니다.

“휴! 더 이상 걷지 못하겠다.”

“아빠! 그래도 힘을 내세요.”

눈이 지칠 줄 모르고 계속 내려 차들도 다니지 못하고, 사람들도 나와 돌아다니지 않았습니다. 개들만 여기저기서 요란하게 짖어댔습니다.

“아빠! 기운을 내세요. 조금만요!”

“그, 그래! 그래!”

하지만 아빠는 곧 쓰러질 것만 같았어요. 기어이 몇 발짝 가지 못하고 아빠는 눈 위에 쓰러져 그만 정신을 잃고 말았습니다.

“아빠! 일어나요! 정신 차려요! 여기요, 누가 좀 도와주세요!”

온동네가 울리도록 아들이 부르짖었지만, 아무도 나와 보지 않았습니다. 이대로 놔두면 아빠는 얼어 죽을 것만 같았어요.

아들은 마을로 허겁지겁 달려갔습니다. 아무 집이나 대문을 힘치게 두들겼어요. 그 집은 커다란 양옥집이었습니다.

“살려주세요! 우리 아빠가 쓰러졌어요! 도와주세요!”

하지만 아무도 나와 보지 않았습니다. 눈이 쌓인 그 겨울날 누구든 밖에 나와 쓰러진 사람을 돌봐줄 만큼 마음의 여유가 없었던 것입니다.

아들은 다시 승용차가 두 대나 서 있는 옆집으로 갔습니다.

“도와주세요! 도와주세요!”

한참 뒤에 험상궂게 생긴 아저씨가 쪽문을 열고 내다봤습니다.

“아저씨, 우리 아빠가 쓰러졌어요. 도와주세요!”

“뭐? 니네 아빠가 누군데?”

“제발 도와주세요.”

“경찰한데 연락해라! 난 모르겠다.”

소리 나게 문을 닫고 아저씨는 들어갔습니다. 그 집 창문 안으로는 크리스마스 트리가 반짝였고, 트리 꼭대기에는 왕별이 빛나고 있었습니다.

아들은 실망한 표정으로 다음 집으로 갔습니다. 그 집 대문에는 붉은 글씨가 지렁이처럼 쓰인 부적이 붙어 있었습니다.

“도와주세요! 도와주세요! 우리 아빠가 쓰러졌어요! 도와주세요!”

문을 두드리며 외치자 흰 머리의 할머니가 문을 열고 내다 봤습니다.

“누구냐? 이 밤중에.”

“할머니, 죄송합니다. 우리 아빠 좀 도와주세요! 눈에 쓰러져 계세요.”

“뭐? 니네 아빠가?”

“네. 제발 좀 도와주세요.”

“우리 집에는 낯선 사람 들이지 않는다! 딴 집에 가 보거라!”

할머니도 냉랭하게 문을 닫았습니다.

아들은 더 이상 다른 집 대문을 두드려 볼 용기가 나지 않았어요. 다리에 힘이 빠져 그 자리에 쓰러질 것 같았지만, 눈밭에 놔두고 온 아빠가 걱정되었습니다.

다시 발길을 돌려서 아빠가 쓰러져 있는 곳을 향해 달려갔어요.

"아빠! 죽으면 안 돼요. 아빠!"

눈을 헤치며 아들이 달려갔어요. 하지만 아빠는 아까 그 자리에 없었습니다.

"아니! 우리 아빠가 어디로 갔지?"

아빠가 쓰러졌던 곳 주변에는 발자국이 잔뜩 찍혀 있었어요. 발자국은 개천 쪽을 향해 이어졌습니다. 아들은 눈밭을 뒹굴고 넘어지며 발자국을 따라가 보았습니다. 발자국은 개천 옆에 있는 자그마한 컨테이너 앞에서 멈추었습니다.

"아빠, 여기 계세요?"

문을 열고 들여다 보니 초라한 행색을 한 아저씨 두세 명이 방안에 옹기종기 앉아 있었습니다.

"넌 누구냐?"

"우리 아빠가 아까 저기 쓰러져 계셨는데요?"

"그랬구나. 들어오너라. 니네 아빠 여기 계시다."

컨테이너 안에 들어서니 따뜻한 공기가 온몸을 감싸 아들은 갑자기 힘이 빠셨어요. 아빠는 침대에 누워서 곤한 잠을 자고 있었습니다.

"아빠! 아빠!"

"큰일 날 뻔했다. 우리가 발견하지 않았더라면 어쩔 뻔 했니? 이 추위에…."

"고맙습니다. 정말 고맙습니다."

"이런 때 밖에서 잠들면 얼어죽어!"

아들은 아빠의 가슴에 얼굴을 묻고 눈물을 흘리며 울었습니다.

"너도 고생이 많구나. 이렇게 눈이 많이 오는 날…."

아저씨들의 위로에 뒤늦게 정신을 차린 아들이 물었어요.

"아저씨들은 누구세요?"

그 가운데 한 아저씨가 쓸쓸하게 웃으며 대답했습니다.

"크리스마스 날 집에도 가지 못하는 사람들이지."

어느새 눈은 그쳤어요. 하늘은 아기 예수님 오신 날을 기뻐하듯
이 별들로 반짝였습니다.
컨테이너 문간에는 서툰 글씨로 이렇게 쓰여 있었습니다.

노숙자의 집

내가 가진 작은 힘도
남에게는 희망이 될 수 있습니다

흔히 남을 돕는 일은 돈 많고 여유 있는 사람들이 하는 걸로 알고 있지만 사실은 그렇지 않습니다. 형편 어려운 사람이 남의 어려움도 아는 법이지요. 이런 걸 동병상련(同病相憐)이라고 합니다. 같은 병을 앓는 사람들끼리 서로 불쌍히 여긴다는 뜻입니다.

이 이야기의 아빠를 구해준 건 부자도 아니고 종교를 믿는 사람도 아닌, 노숙자들이었습니다. 자신들이

길바닥에서 생활해 봤기 때문에 그런 아픔을 누구보다 잘 아
는 것입니다. 그래서 아무 희망이 없이 죽을 것만 같았던 아
빠와 아들을 도와주고 그들에게 삶의 희망을 전달해 주었습
니다.

내가 가진 작은 힘도 남에게는 희망이 될 수 있습니다. 불
우한 이웃을 돌보는 건 바로 또다른 불우이웃입니다. 희망을
잃지 말아야 하는 이유가 여기에 있습니다.

새엄마와 양말

민식이에게 새엄마가 생겼습니다.

엄마가 암으로 돌아가신 뒤 2년 동안 아빠는 혼자서 민식이를 길렀어요. 하지만 민식이가 커가면서 엄마의 보살핌이 점점 더 필요하다고 생각했습니다. 왜냐하면 8살이 된 민식이가 올해부터 학교를 다니기 시작했으니까요.

새엄마가 오던 날 민식이는 아주 많이 울었습니다. 이제 마음속에 묻어 두었던 친엄마를 영영 떠나보내는 것 같았기 때문이에요. 아빠는 집에 걸려 있던 사진을 비롯해 엄마를 기억할 수 있는 모든 물건들을 치웠습니다. 물건을 하나씩 내갈 때마다 민식이는 아빠에게 매달리며 엉엉 울었습니다. 하지만 아빠는 말했어요.

"민식아! 새엄마가 오면 우리는 옛날 엄마를 잊어야 해. 아빠도 그러고 싶지 않지만 어쩔 수가 없어. 이해할 수 있지?"

이해할 수 없지만, 민식이는 고개를 끄덕였습니다. 그렇게 해서 참한 새엄마가 왔습니다.

새엄마가 오고 난 뒤 민식이네 집은 갑자기 곳곳에서 윤이 났어요. 부지런한 새엄마는 집안을 온통 쓸고 닦으며 항상 깨끗이 정리정돈을 했습니다. 깔끔한 새엄마는 코나 흘리고 지저분하게 다니던 민식이에게 예쁜 새옷을 사 입혔습니다. 학용품도 새것으로 사 주고, 아침 저녁으로 얼굴을 닦아주면서 때깔나게 해주었습니다. 삐뚤빼뚤 제멋대로 나던 이도 병원에 가서 바로잡고, 얼굴에 핀 버짐도 치료했습니다.

그런 민식이를 보고 동네 아주머니들은 모두가 새엄마가 오니까 민식이 인물이 훤해졌다고 칭찬했습니다.

하지만 민식이는 왠지 낯선 새엄마에게 쉽게 정이 가지 않았습니다. 아빠는 그런 민식이에게 말했어요.

"민식아! 엄마랑 서로 맞춰 가려면 시간이 필요해. 그러니까 노력해야 해! 우리 세 사람 전부 다…."

새엄마도 민식이에게 자신을 맞추기 위해 많은 노력을 했습니다. 민식이도 새엄마의 말을 잘 듣는 착한 아들이 되려고 애썼습니다.

하지만 어느 날부터인가 새엄마는 민식이를 꾸짖기 시작했습니다. 왜냐하면 새엄마라고 해서 야단칠 것을 못 치면 안 된다고 생각했기 때문이에요. 민식이는 덜렁대다가 혼나기도 하고, 장난을 치다가 실수를 하기도 했습니다. 그럴 때면 새엄마는 가볍게 주의를 주곤 했습니다.

"다시는 그러지 마라. 조심해라!"

민식이는 새엄마에게 그런 말을 들으면 왠지 서러웠지만, 또다시 그런 말을 듣지 않으려고 노력했습니다. 새엄마도 민식이가 나름대로 조심하고 있다는 것을 알고 있었습니다. 그리고 웬만하면 다시 실수하지 않는 민식이가 기특하기도 했습니다.

하지만 어느 날부터인가 새엄마는 민식이가 몇 가지 습관은 영

고치지 못한다는 것을 알았습니다. 예를 들면, 젓가락질하는 법이라든가 연필 쥐는 법 같은 것은 쉽게 고쳐지지 않는 것이었습니다. 이미 굳어버렸기 때문입니다. 새엄마도 그런 습관은 바로잡는 데 오래 걸린다는 걸 알기 때문에 크게 야단치지 않았습니다. 하지만 민식이가 양말을 벗으면 꼭 뒤집어서 두 짝을 하나로 합쳐 놓는 건 참을 수가 없었습니다.

"민식아! 양말 이렇게 뭉쳐서 합쳐 놓으면, 엄마가 일일이 다 풀어야 되잖아. 그냥 얌전하게 펼쳐서 같이 놔라. 그러면 엄마가 빨아서 다시 말릴테니까."

"네!"

민식이는 대답했습니다.

하지만 다음날 학교에 갔다 와 양말을 벗으면서 민식이는 또 하나로 합쳐 놓고 말았습니다.

"민식아! 어제 엄마가 그렇게 열심히 말했는데, 또 합쳐 놨네? 내일은 그러지 마!"

"네."

대답은 잘 했어요. 하지만 다음날 또 민식이는 양말을 합쳐 놓고 말았습니다.

새엄마도 약간 짜증이 났습니다.

"민식아! 너 엄마가 하지 말라는데 왜 해?"

"죄송해요, 엄마! 다음부터는 안 그럴게요."

민식이는 고개를 푹 숙이고 대답했습니다.

"저도 모르게 그렇게 돼요. 내일은 정신 차릴게요."

그로부터 며칠간 민식이는 양말을 합쳐 놓지 않고 가지런히 세탁기 앞에 갖다 놓았습니다. 이걸 본 엄마는 흐뭇했습니다. 드디어 버릇을 고치는 것 같았으니까요.

그러나 며칠 후 민식이가 또다시 양말을 합쳐 놓았습니다. 엄마는 한 번 말하면 왜 지키지 않을까 싶어 약간 짜증이 났습니다.

"민식아! 정말 엄마 말이 말 같지 않니?"

"죄송해요. 저도 모르게 그만…."

"엄마 말을 잘 듣고 마음속에 새기겠다는 생각이 없기 때문에 그런 거 아니야?"

뒤집어 합쳐 놓은 양말은 발 냄새와 범벅이 되어 떼어 놓으려면 코를 막고 눈살을 찌푸려야만 합니다. 참다 못한 새엄마는 회초리를 들고 민식이에게 겁을 주어 보기로 했습니다.

"민식아! 엄마하고 맞춰 살기가 그렇게 힘드니? 엄마는 정말 회초리를 들고 싶지 않아."

민식이는 눈물을 흘리며 대답도 제대로 못했습니다. 자기가 잘못한 게 분명했기 때문입니다.

"죄, 죄송해요 엄마. 다시는 안 그러려고 했는데…. 절 때리세요."

새엄마도 속이 너무 상했습니다. 새롭게 행복한 가정을 만들고 싶은데, 민식이가 이렇게 작은 일에서부터 도와주지 않으니 너무나 안타까웠던 것입니다. 그때 마침 일찍 퇴근한 아빠가 들어왔습니다.

"다녀 왔어요. 아니! 무슨 일이오, 여보!"

아빠는 깜짝 놀랐어요.

"오늘 민식이가 너무 말을 안 들어서 할 수 없이 내가 회초리를 들었어요."

"무슨 일인데 애를 때리려고 그래요? 잘못했으면 물론 맞을 수도 있지만…. 민식아, 무슨 일이니?"

"으흐흐흑!"

민식이는 아빠를 보자 꺼이꺼이 울면서 방으로 늘어갔습니다.

엄마는 자초지종을 이야기했습니다.

"빨래힐 때마다 힙처 놓은 양말을 펴시 다시 빨아야 하니까 그리지 밀라고 이아기했는데 자꾸 밀을 인 들이요. 징말 속싱해 죽겠이

요. 이런 식으로 나한테 반항하는 건가봐."

그 말을 들은 아빠는 한숨을 휴, 내쉬었어요.

"여보 알겠어. 무슨 말인지…"

"네?"

"민식이가 그러는 건 이유가 있어."

"이유요?"

"그건 바로 민식이 옛날 엄마가 남겨준 버릇 때문이야."

"네? 양말 벗는 것도 버릇이라고요?"

"그렇소. 당신네 집은 딸 부잣집 아니오?"

민식이 새엄마 집은 딸만 다섯인 집이었습니다. 딸만 다섯인 집의 셋째 딸인 새엄마는 그래서인지 살림을 잘 했습니다.

“딸만 다섯이고 얌전한 여자들만 사니까, 양말을 벗어서 합쳐 놓지 않아도 짝을 잃어버릴 일이 없지.”

“그럼요. 빨래 바구니에 그대로 갖다 놓기만 하면 되잖아요?”

“하지만 민식이 친엄마는 아들만 넷인 집의 외딸이었어.”

“네?”

그 이야기는 처음 듣는 것이었습니다.

“그래서 남자들이 양말을 벗어서 아무데나 던져놓고 짝이 없어지는 일이 많으니까. 어려서부터 벗으면 짝을 잃어버리지 않게 합쳐 놓도록 교육이 되었다는 거요.”

“그, 그래요?”

“그래서 민식이한테도 양말 합쳐 놓으라고, 짝 잃어버린다고 어릴 때부터 가르치는 걸 내가 봤소. 그러니 그건 민식이 잘못이 아니오.”

새엄마도 할말이 없었습니다.

“여보, 그건 사는 방법의 차이인 것 같아. 이해하고 사랑으로 보듬어줘요.”

민식이 엄마는 크게 깨달았습니다. 방에 숨어서 이야기를 듣던 민식이도 알게 되었습니다. 그리고 아빠도 느꼈습니다.

사랑을 하려면 귀 기울여 듣고 대화를 많이 하고 상대방에게 맞춰야 한다는 것을….

남에게 나를 맞추는 것은 배려이면서
사랑이고 용기가 필요합니다

과거와 달리 요즘은 이혼이나 사별로 가정이 해체되는 경우가 많습니다. 그렇기 때문에 새엄마나 새아빠가 생기는 일도 흔해졌습니다. 흔히 옛이야기나 문학작품 속에서 봐온 대로 우리는 새엄마나 새아빠에 대해 편견을 갖는 경우가 많습니다. 하지만 그런 편견 때문에 고통받는 새로운 가정도 많다고 합니다.

이 이야기의 민식이 엄마는 민식이를 사랑하지만 자신의 뜻을 강요했습니다. 그래서 문제가 생겼습니다. 하지만 이내 서로 사랑하고 상대에게 맞추려고 애썼기에 문제를 해결할 수 있었습니다.

남에게 나를 맞추는 것, 그것은 배려이기도 하고 사랑이기도 하지만 용기가 필요합니다. 나의 욕심이나 생각을 버리는 게 쉽지 않기 때문입니다. 하지만 그런 용기를 냄으로써 우리는 사랑이라는 새로운 선물을 받을 수 있습니다.

왕따의 뜻

정균이가 5학년 2반으로 전학을 오면서 교실의 분위기는 이상해졌습니다.

진학 온 첫날 정균이는 더듬거리며 서툰 한국어로 인사했습니다.

"저는 일본에서 왔스므니다. 모든 게 부족해도 잘 부탁하므니다. 특히 한국말 잘 몰라요. 많이 가르쳐 주세요. 열심히 배우겠스므니다."

정균이의 말투는 일본시이어서 받침을 똑바로 발음하지 못했습니다.

교 훈
마음은 넓게
생각은 깊게
이상은 높게
급 훈
예절 바른
어린이

“쟤, 왜 저러냐?”

“바보 아니냐?”

“일본 살다 와서 그런가 봐.”

아이들은 킥킥거리며 수근거렸습니다. 그러자 담임 선생님께서 말씀하셨어요.

“조용! 조용히들 해라! 아버지가 5년간 일본에서 근무하시다가 들어오셨기 때문에 정균이는 한국말을 잘 못한다. 하지만 우리 모두 정균이를 잘 도와서 즐거운 5학년 2반이 되도록 하자! 알았나?”

“네!”

아이들은 서로 낄낄거리며 대답했습니다.

담임 선생님이 그렇게 말했지만, 그 다음날부터 교실에는 이상한 일이 벌어지기 시작했습니다.

“누가 과학실 가서 온도계 좀 가져와라.”

선생님 말씀이 떨어지기 무섭게 정균이가 벌떡 일어났어요.

“서, 선생님, 제기 디너오면 안 되겠스브니까?”

아이들은 모두 어이가 없어 서로의 얼굴을 마주 보았습니다. 선생님이 시켜도 하기 싫어하는 심부름을 정균이는 자청해서 하겠다고 했으니 말입니다.

“어? 그래! 정균이가 해볼래? 그럼 경험 삼아 한번 갔다 와봐라!”

선생님의 말이 떨어지기 무섭게 정균이는 과학실로 뛰어가 온도계를 들고 왔습니다.

“선생님! 여기 있스므니다!”

“그래! 수고했다. 정균이는 아주 자발적이고 적극적인 어린이구나.”

숨을 헐떡이며, 자리에 앉는 걸로 보아 정균이는 과학실까지 뛰어 갔다 온 모양입니다.

“야, 저 녀석 왜 저러냐?”

민수가 옆에 있는 짝 태근이에게 물었습니다.

“몰라! 일본 사람들이 친절하다더니 저 녀석도 그런가?”

“야, 친절한지는 몰라도 약간 재수 없다.”

“글쎄 말이야.”

하지만 정균이에게 심부름 정도는 아무것도 아니었습니다. 쉬는 시간이면 칠판의 글자를 지우개로 열심히 지우면서 학급 내의 자잘한 일은 아예 도맡아서 하는 것이었으니까요. 학급 비품을 정리 정돈하고 책상 줄이 비뚤어지면 바로잡는 게 자연스럽게 정균의 몫이 되어버렸습니다.

“청소 당번 할 일이 아예 없네.”

“글쎄 말이야!”

심지어는 회장인 성욱이가 선생님 심부름으로 학교 앞 문방구에 가려고 하자, 정균이가 나서기도 했습니다.

“회, 회장. 내, 내가 다녀오면 안 될까?”

“네가?”

“응! 내가 다녀올게.”

반장인 성욱이는 어이가 없었지만 그러라고 했습니다. 귀찮은 일을 대신 해준다는데 싫어할 사람은 없으니까요.

“그래, 그럼 네가 해라!”

“혹시 다른 심부름 시킬 사람 없어?”

정균이는 한 술 더 떠 다른 아이들에게 심부름 거리가 없나 물어보기까지 했어요.

그 일이 있은 뒤 정균이는 문방구 같은 곳에서 물건을 사오거나 험한 일이 있을 때는 아예 도맡아 하는 당번이 되고 말았습니다. 그러면서도 자기가 하는 일을 귀찮아하거나 꺼리지 않아서 아이들은 모두 그런 정균이를 이상하다고 생각했습니다. 하지만 그러면서 아이들은 정균이를 부리는 일에 조금씩 익숙해지고 있었어요.

그렇지만 5학년 2반 짱인 상철이는 조금 생각이 달랐습니다. 정균이의 그런 태도가 너무 싫었던 것입니다.

"야! 정균이 자식 저거 재수 없어."

"왜?"

짝인 동수가 물었어요.

"사내 자식이 치사하잖아. 선생님한테 잘 보이려구 알랑방귀나 뀌고…."

"글쎄 말이야!"

"종놈처럼 굽신굽신하고…. 정말 일본놈 다 된 거 아니야? 언제 한번 손 좀 봐줘야겠어."

이렇게 해서 짱인 상철이는 이유없이 정균이를 벼르게 되었습니다.

그러던 어느 날 급식 시간에 정균이가 당번도 아니면서 잔뜩 우유를 들고 들어왔을 때, 상철이가 불렀습니다.

"야! 정균이, 너 이리 와 봐!"

정균이가 상철이에게 재빨리 다가왔습니다.

"왜, 왜 그래?"

"너 임마. 사내 녀석 맞냐?"

“무슨 말이야?”

“왜 사내 자식이 비굴하게 그래?”

“비, 비굴하다니?”

“이런 심부름한다고 누가 너 예뻐할 줄 알아?”

“나 예뻐해 달라고 하는 거 아닌데….”

“어? 어쭈, 이게 말대꾸네?”

갑자기 교실에는 긴장이 흘렀습니다.

“나는 너 같은 녀석이 제일 싫어!”

“시, 싫다구?”

“그래! 알아서 잘 보이려고 애쓰는 녀석 말이야.”

“나, 난 그런 거 아니야. 내가 그냥 하고 싶어서 하는 거야. 내가 좋아서….”

그 말을 듣고 아이들은 모두 놀랐습니다. 험한 일, 궂은 일을 좋아하다니…. 그것은 분명히 거짓말일 것입니다.

“야! 정신 나간 녀석이 아니고서야 어떻게 이런 걸 좋아하냐?”

“아니야. 난 정말 좋아해!”

“일본에서는 이런 거 좋아하라고 그랬냐? 일본에서 이런 서 하리고 가르쳤나고?”

계속 민철이가 비꼬며 물었습니다.

"아니야. 사실은⋯."

"사실은 뭐야?"

"너희들이 나 이지메 할까봐 그래."

"이지메? 이지메가 뭐냐?"

그 말을 듣고 아이들은 서로 웅성거렸습니다. 그러자 똑똑한 수민이가 말했어요.

"야! 이지메는 말야, 왕따를 일본말로 이지메라고 하는 거야."

"왕따?"

"왕따가 이지메야?"

아이들은 서로 입방아를 찧으며, 정균이와 민철이의 긴장된 대화를 들었습니다. 그 말을 들은 민철이도 어이가 없는 표정이었어요.

"이지메가 그렇게 무섭냐?"

정균이는 갑자기 눈물을 글썽이며 말을 못했습니다.

"얼마나 무서워서 그래? 도대체!"

"아무리 이지메가 무서워도 그렇게 비굴할 수 있냐?"

아이들은 서로 쑥덕거렸습니다.

"나, 나는 지금 행복해."

그 말을 듣고, 웅성거리던 아이들은 찬물이라도 확 끼얹은 것처럼 조용해졌습니다.

“일본에서는 내 사물함에 온통 쓰레기가 가득 들어 있었어. 어떨 때는 바께쓰(양동이)를 머리에 씌워 놓고 다 몰려들어서 때리기도 했어. 그리고 아무도 나한테 말을 걸지 않아. 하루 종일 벙어리가 되어야 해. 한국에서 온 애라서 그랬어.”

아이들은 모두 깜짝 놀랐습니다. 그러고는 숙연한 얼굴이 될 수밖에 없었습니다.

“교과서에 잉크를 부어 놓기도 하고, 체육복을 갈가리 찢어서 변기에 처박아 놓기도 했어.”

정균이는 끔찍했던 일들이 되살아나는지 눈물을 흘리면서 말했습니다. 아이들은 남의 나라 일본에서 따돌림 당하며 서러웠을 정균이를 생각하니까 기분이 몹시 착잡해졌습니다.

“그러니 제, 제발 이지메 하지 말아 줘. 뭐든지 할게. 그냥 막 부려먹어도 좋아. 그래도 이지메만 안 하면 나는 정말 즐거워.”

장난삼아 한 아이를 따돌려서 왕따시키는 것이 얼마나 무서운 결과를 빚는지 아이들은 깨달을 수 있었습니다. 모두들 이 어색한 순간에서 어떻게 빠져나갈까 생각하며 슬금슬금 자리에 앉았습니다. 그러고는 꾸역꾸역 밥을 먹었습니다.

상철이만 정균이를 바라보고 있었어요. 상철이가 잠시 침묵하다가 말을 꺼냈습니다.

"야! 여기는 일본이 아냐! 자식들 치사하게 우리나라 사람을 이지메했어? 이지메가 우리말로 무슨 뜻인 줄 아냐?"

"와, 왕따라고 그러더라."

정균이는 이지메라는 말만 들어도 소름이 끼치는 표정이었습니다.

"맞아! 왕딴데 앞으로 너는 왕따 없어!"

"저, 징밀이야?"

"그래! 정말이야. 걱정하지 마. 왕따가 무슨 뜻인지 내가 새로 말해줄게!"

"뭐, 뭔데?"

"왕따는 왕창 따봉*이야!"

"우헤헤헤!"

그말에 아이들은 배꼽을 잡고 웃었습니다. 민철이가 아이들을 둘러보며 늠름하게 말했어요.

---

* **따봉** : 포르투갈어로 에스따 봉(ESTA BOM)에서 온 말로 아주 좋다는 뜻으로 우리나라에서 유행어처럼 쓰이고 있습니다.

“앞으로 우리 정균이 딴 심부름 시키지 마. 그리고 왕따도 시키지 말고…. 왜냐하면 정균이는 말야, 왕창 따봉이니까! 알았지?”
“그래!”

정균이는 자신도 모르게 눈물을 흘렸습니다. 이게 바로 동포애구나 하고 느낄 수 있었어요. 그리고 비겁하게 약자를 괴롭히는 집단 따돌림이 심하지 않은 우리나라에서 공부하는 것이 얼마나 행복한가 알게 되었습니다.

왕따는 약한 사람을 차별하고 고통받게 하는 나쁜 행동입니다

사람이 집단을 만들어 생활하면 좋은 점이 많지만, 안 좋은 점은 바로 이렇게 자기보다 약하거나 생각이 다른 사람을 따돌리는 것입니다. 이것은 다른 동물 사회에서도 벌어지는 일입니다. 한 마디로 자연의 법칙에 가까운 것입니다. 이 때문에 장애인, 노약자, 국제가족 같은 사람들이 우리 사회에서 고통을 받습니다.

요즘 생긴 왕따도 그런 것입니다. 집단 안에서 약자를 골라 괴롭

힘으로써 자신이 집단 안에 있어 보호받는 느낌을 갖는 것입니다. 그렇지만 인권이 존중되는 오늘날 그런 행동은 정말 약자를 차별하고 고통받게 하는 아주 나쁜 행동입니다.

왕따를 새롭게 해석하면서 소외받을 수 있는 정균이를 보호해 주는 아이들은 모두 징찬받아 마땅한 아이들입니다. 자연의 법칙을 이겨 낸 용기 있는 아이들이니까요.

예쁜 강아지 키울 사람

"아빠, 아빠! 벅구랑 우리 나가 놀아요!"

"벅구가 답답하대요. 아빠!"

금요일 저녁 아직 해가 지기 전에 되근해 집에 놀아온 아빠는 두 아들 민성이와 민철이에게 시달립니다. 아이들이 아빠를 붙잡고 성화이기 때문입니다. 그런 아이들 뒤에서 강아지 벅구노 쌍충깡충 뛰어 오르며 꼬리를 흔들었습니다. 아이들 성화에 두 손 든 아빠가 말했습니다.

"그래, 알았다! 알았다고…. 그래노 세수는 하고 가야지."

아빠는 안 그래도 오늘은 일
찍 돌아와 아이들과 함께 지는 해를 구경
하며 놀이터에서 놀면 어떨까 생각했었습니다.
옷을 갈아입고 아빠는 아이들과 함께 벅구를 데리
고 집을 나섰습니다. 엘리베이터에서 내려와 아파트 마
당으로 나오자, 벅구와 아이들은 벌써 저만치 뛰어 갔습
니다.
"벅구야, 이리 와!"
"와, 신난다!"
아빠는 집에서 들고 나온 신문을 놀이터 벤치에 앉아
서 봅니다.
벅구는 할아버지 집에서 데려온 그냥 평범한

바둑이입니다. 벅구의 어미 송이

는 작고 귀여우면서 영리한 개였습니

다. 그래서인지 새끼인 벅구도 다 컸지만, 아이

들이 가볍게 품에 안을 수 있을 만큼 작은 품종입니다.

물론 영리했습니다.

"야호, 신난다! 드니어 우리도 개를 기른다!"

개를 기르자고 전부터 노래를 부르던 아이들은 벅구가 집

에 오자 끌어안고 함께 먹고 자면서 동생이 하나 생긴 것처럼

좋아했습니다.

그 다음날 벅구를 데리고 나간 민성이와 민철이는 친구들

에게 벅구 자랑을 했습니다.

"야! 우리 강아지 예쁘지?"

“응! 정말 예쁘다. 나 한 번만 안아보자!”

“나두….”

동네 아이들은 아파트에 살아서인지 개만 보면 사족을 못씁니다. 민성이와 민철이를 둘러싸고 서로 안아보거나 만져보자고 아우성이었습니다.

그때 친구인 준식이가 물었습니다.

“그런데 이 강아지는 무슨 종류야?”

이럴 때를 대비해서 아빠는 아이들에게 미리 대답을 준비시켜 놓았습니다.

“이건 발바리야.”

민성이가 당당하게 대답했습니다.

“뭐? 발바리? 그런 종류도 있냐?”

“요크셔테리어나 포멜라니안은 들어봤어도 발바리는 처음 들어본다.”

아이들은 처음 듣는 이름에 고개를 갸웃갸웃 했습니다.

“어디서 사 왔는데?”

“우리 할아버지 댁에서 데려고 왔어. 아주 영리하고 좋은 개래.”

그때 갑자기 어린이들 머리 위에서 하이 소프라노의 목소리가 들렸습니다.

“어머, 얘들아. 발바리면 똥개지 뭐.”

아이들이 돌아보니 거기에는 해피 아줌마가 서 있었습니다. 해피 아줌마는 맞은 편 101동에 사는 극성맞은 아줌마입니다. 시장 보러 가거나 외출을 할 때 꼭 주먹만한 요크셔테리어 해피를 안고 다니기 때문에 해피 아줌마라고 사람들이 부릅니다. 온 동네에서 해피 아줌마라면 모르는 사람이 없습니다.

해피 아줌마는 벅구를 자세히 들여다보더니 호들갑을 떨며 말했습니다.

“어머! 너희들 어쩜 아파트에서 이런 똥개를 기르니? 이런 똥개 기르면 우리 해피 같은 순종개 혈통이 나빠진단 말이야! 아유, 정말 못 말려!”

해피 아줌마는 마치 벅구가 가까이 있어서 해피의 혈통이 흐려지기라도 하는 것처럼 몸서리를 치며 호들갑을 떨었습니다.

벅구가 똥개라는 말을 듣고 민성이와 민철이는 마음의 상처를 입어 눈물을 흘리며 집으로 돌아갔습니다.

“에, 똥개래요~. 똥개래요~.”

아이들이 쫓아오면서 악을 썼습니다. 개를 기르지 못하는 부러움이 갑자기 똥개라는 말을 듣자 약올리는 짓궂은 마음으로 변했던 것입니다.

“엄마! 우리 개가 똥개래! 벅구 똥개 맞아?”

아이들은 집에 돌아와 울면서 엄마에게 말했습니다.

“누가 그래? 똥개라고.”

“해피 아줌마가 그랬단 말이야. 똥개래! 발바리는 똥개야?”

그때 아빠가 옆에서 이 말을 듣고 벌떡 일어나 말했습니다.

“이런 벅구 같은 개도 훈련만 잘 시키면 얼마든지 훌륭한 애완견이 될 수 있어. 얘들아, 품종 좋다는 개들, 그건 다 외국에서 비싼 돈 주고 사온 거야. 벅구는 조상 대대로 우리나라에서 살던 귀여운 토종개니까 너희들 절대 기죽지 마라!”

“정말이에요?”

“그럼! 아빠가 멋지게 훈련시킬게!”

그날 이후 아빠는 집에 오면 꼭 30분씩 하루도 빠지지 않고 훈련시켜서 벅구는 이제 앉으라면 앉고, 서라면 서는 아주 영리한 개가 되어 있었습니다.

하지만 오가다 벅구를 보면 해피 엄마는 여전히 구시렁거렸습니다.

“저놈의 똥개 빨리 없애지, 뭐 하는 거야, 참!”

벅구를 구박하는 것이 놀부 마누라가 흥부네 아이들 타박하듯 했습니다. 하지만 민성이와 민철이는 여전히 벅구를 사랑하고 귀여워했습니다. 동네 아이들도 벅구가 영리하고 말 잘 듣는 강아지라는 것을 알고는 다시 좋아하게 되었습니다.

해가 져서 점점 어두워지자 엄마가 아파트 베란다 창밖으로 아빠와 함께 놀이터에서 노는 아이들을 불렀습니다.

“애들아, 들어와서 밥 먹어라. 여보, 당신도 들어오세요.”

신문을 다 읽은 아빠는 벤치에서 일어났습니다. 그리고는 아이들에게 말했습니다.

“애들아! 이제 들어가자.”

“네.”

아이들은 벅구와 함께 바람을 가르며 뛰어오다 갑자기 뭔가를 보고 움찔 놀라며 아빠의 눈치를 살폈습니다.

“왜 그래? 무슨 일이야?”

아빠가 보았더니, 저만치서 해피 아줌마가 걸어오고 있었습니다. 또 벅구를 보고 뭐라고 할까봐 아이들은 슬금슬금, 아빠의 등 뒤에 숨었습니다.

“아빠, 어떡해! 우리 벅구 보고 또 똥개라구 할 거야. 나 저 아줌마 정말 싫어!”

하지만 아빠는 말했습니다.

“걱정하지 마! 아빠가 있는데 무슨 이야길 하겠어?”

하지만 아빠는 속으로 생각했습니다. 한 번만 더 벅구를 두고 똥개가 어쩌구 이야기하면 단단히 따지겠다고….

그런데 어쩐 일인지 해피 아줌마는 기가 죽어서 지나갔습니다. 품에는 해피도 안고 있지 않았습니다. 아줌마가 해피 없이 혼자 지나가는 걸 본 건 이번이 처음이었습니다. 세 부자는 어안이 벙벙했습니다.

“어? 아줌마가 오늘은 왜 우리 벅구 안 미워하지?”

“이상하네! 해피도 집에 놔 뒀나? 안 보여.”

아이들은 궁금했지만 붙잡고 물어볼 수도 없었습니다. 집에 들어와 아빠와 아이들은 손을 씻고 식탁에 앉았습니다.

“엄마 엄마! 해피 아줌마가 오늘은 해피하고 안 가!”

“그래! 우리 벅구 보고 똥개라고도 안 했어!”

그러자 엄마가 빙글빙글 웃으며 말했습니다.

“그거 너희들은 몰랐니?”

“뭐요?”

“해피가 새끼 낳았다.”

“네? 정말요? 해피가요?”

“야, 해피가 새끼 낳았으면 예쁘겠다.”

그렇지만 엄마는 뭔가 마저 말하지 못하고 머뭇거렸습니다.

“왜 그래요?”

“무슨 일이야?”

아빠와 아이들은 궁금해서 물었습니다. 엄마는 참다못해 말해버리기로 결심했습니다.

“해피한테 비밀이 있대요.”

“무슨 비밀인데?”

"아까 슈퍼에 갔다가 들은 얘긴데…. 글쎄, 해피가 지나가던 발바리히고 몰래 눈이 맞아서 믹스견 강아지를 세 마리나 낳았대.”

“뭐? 푸하하하!”

그 말을 듣는 순간 아빠의 입에서 씹던 밥알이 튀어 나갔습니다.

아이들은 재빨리 밥과 국그릇을 손으로 가렸습니다.

“그럼 그 새끼들은 어떻게 한대요?”

민성이가 물었습니다.

"새끼들은 내다 버릴 거래."

그 말을 듣는 순간 식구들은 모두 입을 다물고 말았습니다. 아무리 믹스견 강아지라지만 소중한 생명인데 내다 버리면 어쩌나 하는 생각이 들었기 때문입니다.

"새끼들이 너무 불쌍해."

민철이가 울먹이는 목소리로 말했습니다. 그날 밤 민성이와 민철이는 불쌍한 해피의 새끼들을 생각하며 이불 속에서 눈물지었습니다.

민성이는 그런 민철이를 보고 생각했습니다. 그리곤 귀엣말을 했습니다.

"민철아, 사실은 나에게 아이디어가 있어. 소곤소곤."

다음날 학교 복도에는 서툴게 만든 포스터가 붙었습니다.

그로부터 3주 뒤 해피 아줌마네 집에서 보람이, 민지, 그리고 태식이가 귀여운 강아지를 한 마리씩 안고 나왔습니다. 맨 마지막으로 나온 건 바로 민성이와 민철이었습니다.

"아줌마, 고맙습니다."

아이들은 일제히 인사했습니다.

"응, 어서 가라."

해피 아줌마는 대문을 닫기 바빴습니다.

세 아이는 민성이와 민철이가 붙인 포스터를 보고 강아지를 기르기로 결심하고, 엄마 아빠의 허락을 받은 아이들이었습니다.

희망은 어렵고 힘들며 위태로울 때
우리를 붙들어주는 힘입니다

이 이야기에 나오는 강아지 세 마리는 희망이 없었습니다.

태어나자마자 버려질 수도 있는 운명이었으니까요.

 하지만 민성이와 민철이는 생명
의 소중함을 알고 새로운 희망을
만들었습니다. 강아지들을 키울
아이들을 구해 왔으니까요. 그
덕에 새끼들은 사랑받으며 자
 랄 것입니다. 비록 순
종은 아니지만 생명은

소중한 것입니다.

　희망은 어렵고 힘들며 위태로울 때 우리를 붙들어주는 힘입니다. 희망이 있기에 누구나 최선을 다해 살려고 애씁니다. 희망을 놓지 않아야 하는 이유가 바로 그것입니다.

권투선수 우리 아빠

공이 울렸습니다. 아빠는 휘청거리는 걸음으로 코너로 돌아왔습니다.

"잘 싸웠어, 잘 싸웠어. 용기를 잃지 마!"

코치 선생님이 그런 아빠를 격려했습니다.

"힉힉!"

거친 숨을 쉬며 아빠는 링 아래를 내려다보았습니다. 거기에는 엄마가 와 있었습니다.

"여보, 그만 해요."

“괜찮아. 할 만해. 이길 수 있어.”

아빠는 맞아서 붉어진 얼굴로 씩 웃었습니다. 헤드기어를 쓰고 커다란 글러브를 낀 아빠는 지금 전국 아마추어 권투 선수권 대회에 나온 것입니다.

엄마는 대회에 나오기 직전까지 반대를 했습니다.

“당신같이 몸이 불편한 사람이 무슨 권투를 한다고 그래?”

“할 수 있어. 여보, 날 믿어줘.”

아빠는 권투를 꼭 하고 싶었습니다. 어린 시절부터 권투를 배우고 싶었지만 가난한 집안 형편 때문에 아무도 권투를 가르쳐 주지 않았습니다. 고등학교를 졸업하자마자 전문대를 나와 철도공무원이 되었습니다. 그렇지만 마음속에는 항상 권투를 하고 싶다는 생각이 차지하고 있었습니다. 그리고 결혼을 했고, 아이도 낳아서 큰딸이 이미 초등학교 5학년입니다.

그런데 작년에 열심히 살던 아빠의 삶에도 문제가 생겼습니다. 그것은 바로 역무원으로 근무하다 열차에 뛰어든 할머니를 구하고는 그만 왼쪽 다리를 열차 바퀴에 잃은 것입니다. 사람들은 아빠를 의인이라고 했습니다. 신문에도 나오고 방송에도 나왔습니다. 여기저기에서 성금도 들어오고 다니던 철도공사에서도 다시 복귀하도록 해주었습니다. 하지만 아빠는 자기가 해야 할 일을 마땅히 했다고 생각했습니다.

오랜 기간 훈련한 끝에 잘린 다리에 의족을 끼고 걷는 장애인이 되었습니다. 주민센터에서 장애인 증명서도 받았습니다. 그런데 신기하게도 장애인이 되고 난 후에도 계속해서 권투를 하고 싶다는 생각을 하게 되었습니다. 그래서 이렇게 링에 오른 것입니다.

"상대방 선수는 배가 약하니까 배를 치라고, 배를…. 알았지?"

코치 선생님이 아빠에게 주문을 했습니다.

"땡!"

2라운드가 시작되었습니다. 아빠는 활기차게 나아가 상대방 젊은 선수와 주먹을 교환했습니다. 코치 선생님의 말대로 배를 치려고 노력했지만 상대방 젊은 선수는 더 빠른 주먹으로 아빠의 얼굴을 쳤습니다.

"퍽퍽!"

열심히 따라잡으려 했지만 나이는 속일 수 없나 봅니다. 서서히 체력이 떨어져 가고 있었습니다. 숨이 턱에 차서 서 있기도 힘든 순간 젊은 선수의 배에 빈틈이 보였습니다.

"에잇!"

힘껏 주먹을 휘둘렀습니다. 하지만 그것보다 젊은 선수의 주먹이 빨랐습니다. 갑자기 눈앞에 불꽃이 튀면서 하늘이 빙그르르 돌았습니다. 아빠가 쓰러진 것입니다.

처음 의족을 하고 집에 돌아온 날 한창 감수성이 예민한 딸은 아빠를 마주보지 않았습니다. 아빠의 다리가 징그럽다는 것이었습니다. 그리고 울면서 말했습니다.

"아빠는 왜 장애인이 된 거야? 난 장애인 되는 거 싫단 말이야."

그 말을 듣고 아빠와 엄마는 펑펑 울었습니다. 하지만 아빠는 다시금 이를 악물었습니다.

"민영아, 아빠가 장애인이 된 건 아빠가 원해서 된 게 아니야. 하지만 후회는 없어. 아빠 다리하고 할머니의 목숨을 바꿨으니까."

"그깟 남의 할머니, 내가 알 게 뭐야? 아빠 다리를 돌려달란 말이야."

어울리고 원통해서 민영이는 억지를 썼습니다. 조금 지나면 괜찮아질 거라고 아빠는 생각했습니다.

밤마다 없어진 다리에서 통증이 느껴져 아빠는 자나 깨나 했습니다. 그러다 자꾸 엇나가는 딸에게 뭔가 보여줘야겠다는 생각에서 권투 도장 문을 두드린 것입니다.

“이 몸으로 권투할 수 있겠습니까?”

“예. 충분합니다. 권투는 몸을 가볍게 해주고 건강하게 해주는 운동이니까요. 할 수 있어요.”

그래서 1년 가까이 권투 도장을 다니던 아빠는 이렇게 시합까지 나가게 되었습니다. 시합만 뛸 수 있다면 소원이 없겠다고 생각했지만 엄마와 딸은 반대를 극심하게 했고, 권투 시합에도 엄마만 응원하러 온 겁니다.

“파이브, 식스, 세븐….”

주심이 카운트 하는 소리를 듣고 아빠는 정신을 차려 일어났습니다.

“싸울 수 있겠어요?”

“네, 하겠습니다.”

심판이 물어보자 활기차게 대답했습니다.

“박스(싸워라)!”

다시 아빠와 젊은 선수가 붙었습니다. 하지만 젊은 선수는 기가 올라 더욱더 소나기 펀치를 퍼부었습니다. 좌우로 정신없이 펀치를 맞으며 아빠가 코너에 몰렸습니다. 이대로 쓰러질 것만 같았습니다. 그리고 체력도 다 떨어졌습니다. 더 이상 버티지 못할 것 같았습니다.

그때였습니다.

"아빠! 바보같이…. 맞지 말란 말이야!"

고개를 돌려보니 딸 민영이가 와 있었습니다. 옆에는 딸의 친구들인지 대여섯 명의 어린이들이 함께 소리를 지르며 응원했습니다.

"민영이 아빠, 파이팅!"

갑자기 없던 기운이 샘솟았습니다. 이를 악물고 아빠는 웃으며 결심했습니다.

'좋아. 딸 앞에 쓰러지는 모습을 보여줄 순 없지.'

아빠의 팔과 어깨와 주먹에 힘이 들어갔습니다. 마구 주먹을 날리며 공격하자 상대방 젊은 선수가 크게 맞고 비틀거렸습니다. 기회는 이때라고 아빠는 의족 차고 있는 다리를 재빨리 놀려 상대방 선수를 코너에 몰았습니다 배를 치자 상대방 선수가 앞으로 수그렸습니다. 그 순간 받아 올린 아빠의 주먹에 젊은 선수가 나가떨어졌습니다.

"원, 투, 쓰리…."

카운트하는 동안 아빠는 코너에 서있는데, 옆에 있던 딸이 소리
쳤습니다.

"우리 아빠 최고다! 최고! 꺄호! 야야~ 야야야야~!"

같이 온 친구들은 꽃술까지 흔들며 응원했습니다.

"땡!"

결국 시합이 끝났습니다. 아빠는 머리를 감싸고 있던 머리 보호
대를 벗어 던졌습니다. 땀이 비오듯 흘렀지만 기분이 좋았습니다.

전국
아마추어
전국

“홍코너.”

심판이 홍코너의 젊은 선수 손을 들었습니다. 아빠가 진 것입니다. 하지만 아빠는 기분이 좋았습니다. 최선을 다했기 때문입니다. 젊은 선수를 한 번 안아주고 링에서 내려오자 민영이가 풀이 죽어 있었습니다.

“피~! 아빠 진 거야?”

“민영아, 어쩐 일이야?”

“아빠 왜 지냔 말이야. 친구들까지 다 데려왔는데….”

딸이 눈물을 흘렸습니다. 옆에서 엄마도 눈물을 닦아냈습니다.

“괜찮아, 괜찮아. 아빠는 져도 좋아. 링에 올라갔으니까 소원이 없어. 아무리 아빠가 장애인이어도 뭐든지 할 수 있다는 걸 증명하고 싶었어.”

민영이 친구들은 박수를 쳤습니다.

“민영이 아빠 멋있어요!”

“짱이에요!”

“그래, 고맙다. 얘들아.”

아빠는 오늘 한 번만 링에 오르려고 했습니다. 하지만 이렇게 딸이 와서 응원하는 걸 보니 앞으로도 기회가 닿으면 계속 링에 오르고 싶었습니다.

"사실은 아빠 권투하는 것 구경하러 오고 싶었어요."

"그런데?"

"그런데 아빠랑 화해를 안 했잖아. 그래서 올까말까 하다가 친구들한테 얘기했더니 다 응원하러 가자고 그래서 온 거였는데…. 시간을 몰라서 늦게 왔어요."

그러자 친구들이 한 마디씩 했습니다.

"괜찮아. 그래도 시합 조금 봤잖아."

"민영아, 니네 아빠 멋있어! 우리 아빠는 배만 불룩 나왔는데…."

"니네 아빠 배에 왕(王) 자 있어."

그 말을 듣자 민영이도 씩 웃었습니다.

"어때, 왕 자 새겨지지?"

아빠는 배에 힘을 주어 왕 자를 보여주며 웃었습니다.

"네!"

"자, 가시. 아빠가 맛있는 방수육 사 줄게."

가족과 민영이 친구들은 체육관 밖으로 빠져 나왔습니다.

이제 아빠는 어떤 어려움이 닥쳐도 두 주먹 불끈 쥐고 헤쳐나갈 용기를 얻었습니다. 사랑하는 가족이 늘 곁에 있기 때문입니다

용기는 자신의 삶을
보다 훌륭하게 만들어 줍니다

아빠는 비록 큰 불행을 당했지만 결코 좌절하지 않았습니다. 장애가 있는 다리를 가지고 권투까지 했습니다. 어떠한 역경이 와도 결코 물러나지 않겠다는 의지를 가진 것입니다.

우리는 작은 시련에도 너무 쉽게 포기할 때가 많습니다. 그리고 남의 시선과 고정 관념을 깨지 못하는 경우도 많습니다. 그렇게 산다

면 걸고 내 삶을 바꿀 수 없습니다. 나의 삶을 보다 훌륭한 것으로 바꾸는 것은 용기뿐입니다. 할 수 있다는 마음으로 도전하는 자세가 있는 한 어떤 어려움도 내 앞길을 막지 못합니다.

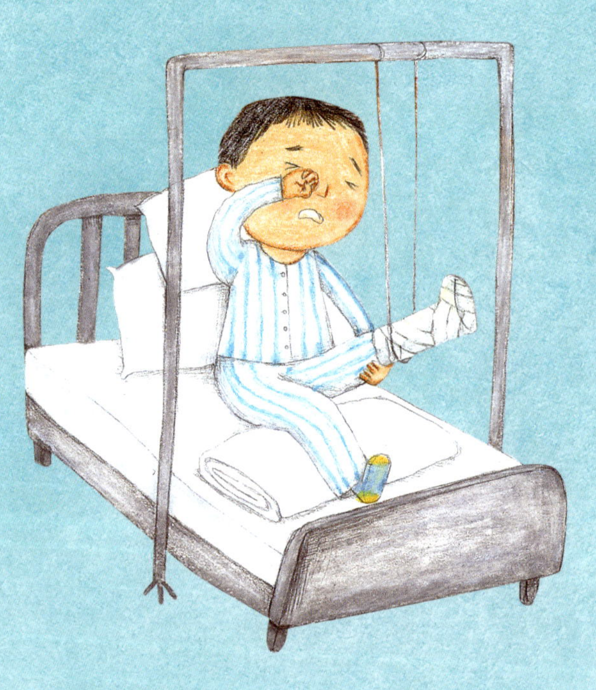

이제 다시 시작해

"**이** 이잉!"

태석이가 붕대로 칭칭 감은 부러진 다리를 허공에 매단 채 징징 울고 있습니다. 며칠 전 골목에서 축구공을 차고 놀다 교통사고를 당한 것입니다. 의사 선생님은 다리가 복잡하게 부러졌기 때문에 앞으로는 축구를 하기 힘들지도 모른다고 말했습니다. 축구 선수가 꿈이었던 태석이었기 때문에 그만치 충격도 컸습니다.

그때 머리를 길게 기른 삼촌이 기타를 메고 병실 문을 빼꼼이 열고 들어왔습니다.

“태석아, 삼촌이야. 저런, 울고 있었구나.”

삼촌이 문병 온 것입니다.

“삼촌! 이이잉!”

축구 경기가 있으면 응원해 주던 삼촌을

보자 태석이는 또 눈물이 났습니다. 삼촌도

태석이의 마음을 잘 압니다. 머리를 쓰다듬

어 주며 말했습니다.

“나으면 다시 축구할 수 있어. 걱정하지 마.”

그러자 태석이가 말했습니다.

“어떻게 축구를 해요? 의사 선생님이 어렵다고 했어요.”

“뭘 그 정도 가지고 그래? 마음만 있으면 불가능은 없어.”

삼촌은 조카인 태석이가 희망을 놓아버리려 한다는 걸 알았습니다. 이대로 두면 안 되겠다고 생각했습니다.

삼촌은 메고 온 기타를 내려놓고 말문을 열었습니다.

소년 펫은 어려서부터 기타에 재능이 있었습니다. 특히 재즈 음악에 깊은 관심을 가졌습니다. 천재적인 재능에 좋은 선생님을 만난 펫은 스무 살이 되었을 때 이미 세계적으로 뛰어난 기타 연주가라고 소문이 났습니다.

“펫은 참 내단해.”

“맞아, 천재야, 천재.”

26세에 낸 음반이 히트를 치년서 펫은 아주 유명해졌습니다. 전 세계의 팬들이 칭찬했습니다.

“아, 머리가 아파.”

하지만 펫은 늘 두통에 시달렸습니다. 찬바람을 쐬고 스트레스를 풀어보려 했지만 잘 낫지 않았습니다. 연주에 빠져 있을 때만은 고통을 잊을 수 있어 더더욱 음악에 빠져드니 펫의 기량은 점점 높아지고 있었습니다.

"세계 최고의 기타리스트가 되어야 해."

진작부터 최고인 그를 더욱 최고가 되라고 사람들은 격려했습니다.

그러던 어느 날 펫은 연주를 하다가 갑자기 쓰러지고 말았습니다. 머리가 터지는 것 같은 아픔 때문이었지요.

"이봐, 펫! 정신이 드나? 이봐!"

펫이 병원에서 깨어났을 때는 주변에 낯익은 사람들이 모여 있었습니다.

"어찌 된 일인가?"

"자네 뇌막염에 걸려서 수술을 했어. 사흘만에 깨어난 거라네."

펫은 그 말을 듣고 자신이 죽을 뻔했다는 사실을 알았습니다.

병세가 회복되어 가지 펫의 친구들은 무료한 그에게 기타를 가져

다 주었습니다.

"쉬면서 기타를 연주하도록 하게. 기량이 녹슬면 안 되잖아."

"이, 이게 뭔가?"

그런데 놀랍게도 펫은 기타를 난생 처음 보는 물건처럼 대했습니다.

"아니, 이건 자네가 쓰던 기타 아닌가?"

"이, 이걸 기타라고 부르나?"

"이 사람이 뇌수술 하더니…. 어찌된 일이야?"

펫은 아무리 생각해도 기타 연주는커녕 그 연주 방법도 전혀 알 수가 없었습니다. 의사가 말했습니다.

"뇌수술을 하면서 뇌에 있는 기타를 연주할 수 있는 기능과 기억이 지워져 버렸습니다."

"네? 그게 정말입니까?"

놀라운 일이었습니다. 세계 최고가 되었던 펫이었는데 초보자나 마찬가지가 된 것입니다.

"저런, 아까운 천재 하나가 없어졌군."

"글쎄 말이야."

펫은 자신이 연주했던 옛곡을 들으며 생각했습니다.

'아, 내가 저렇게 연주를 했었단 말이야? 하나도 모르겠는데? 전혀 익숙하지 않아.'

며칠 뒤 펫은 기타를 도레미부터 다시 배우기 시작했습니다. 그것은 마치 어린아이에게 기타를 가르치는 것 같았습니다. 모조리 잊었기 때문에 새로 익혀야 하는 것입니다.

1년이 지나고 2년이 지났습니다. 펫은 기타에 빠져서 살았고, 서서히 기량이 살아나기 시작했습니다.

"그래서 어떻게 됐어요?"

이야기에 빠져 있던 태석이가 삼촌에게 물었습니다.

"어떻게 됐을 거 같아?"

"글쎄요! 기타 배우는 법을 다 잊어버렸기 때문에 잘 못 칠 것 같아요."

"땡! 틀렸어. 그 사람은 더 유명한 기타리스트가 됐어. 옛날보다 기타를 훨씬 잘 쳐."

"저 정말요?"

"그럼, 태석이 네가 다리를 다쳐서 축구를 못 한다고? 삼촌은 그

렇게 생각 안 해. 펫같은 사람도 있잖아. 늦었다 싶을 때 우리 인간
들은 다시 시작할 수 있단다. 진정한 최고는 언제든지 처음으로 돌
아가 새출발할 수 있는 거야.”

삼촌의 이야기를 태석이는 가슴 깊이 새겼습니다. 그날 오후 삼
촌이 돌아갈 때 태석이가 물었습니다.

“참, 삼촌. 그 사람 이름이 뭐라구요?”

“재즈기타의 일인자인 펫 마티노야.”

태석이는 최고 가운데 최고인 펫 마티노라는 이름을 가슴속에
깊이 새겼습니다. 그리고 축구를 다시 시작하겠다고 결심했습니다.

희망은 아무리 단단한 절망이라도
뚫고 나오는 새싹 같은 것입니다

이 이야기의 주인공인 펫 마티노는 2021년에 사망한 전설의 기타리스트입니다.

우리 인간의 뇌는 정말 무한하다고 합니다. 일부를 잘라내 신체의 기능이 사라진다 해도 훈련을 하고 노력을 하면 다시 뇌의 새로운 부분이 그 역할을 대신해서 능력이 생긴다고 합니다. 물론 끊임없는 훈련이 필요하지요.

이걸 우리 삶에 적용해 본다면 어려움이 닥쳐도 결코 좌절할 필요가 없다는 겁니다. 오른손이 망가져 왼손으로 글씨를 쓰고 밥을 먹으며 모든 생활을 능숙하게 하는 사람이 있는 걸 봐도 잘 알 수 있습니다. 희망은 어떤 절망도 뚫고 나오는 것입니다.

다이어트 성공법

"아니, 이게 웬 눈사람이야?"

공항에서 오랜만에 만난 아빠가 민지를 보고 놀라 한 말입니다.

"아, 아빠. 안녕히 다녀오셨어요?"

민지는 아빠가 왜 그러는지 압니다. 아빠가 미국에 6개월간 연수를 받으러 갔다 온 사이에 마음껏 먹고 싶은 걸 먹었더니 살이 통통하게 쪘기 때문입니다.

"안 그래도 살 빼려고 하고 있었어요."

민지가 기어 들어가는 목소리로 말했습니다

"정말 살 뺄 거야?"

"네."

집에 돌아와서도 민지는 새침해져 있었습니다. 아빠에게 멋진 모습을 보여주지 못했기 때문입니다.

'좋아, 나도 다이어트 들어가야지.'

민지는 다음날부터 그동안 좋아했던 햄버거, 피자, 콜라, 사이다 등을 끊었습니다. 줄넘기 1,000개에, 달리기, 산책 등의 운동을 하고 야채만 먹으며 식사량을 줄이기로 한 것입니다.

"어머, 밥을 그것만 먹을 거야?"

아침 식사 시간에 민지가 공기에 밥을 반만 담는 걸 본 엄마가 놀라 물었습니다.

"네."

"배고플 텐데….."

그러나 아빠는 달랐습니다.

"그래, 잘 했어. 의지를 가지고 살을 빼야지. 꼭 성공해 봐."

하지만 살 빼는 건 정말 쉬운 일이 아니었습니다. 일단 밥을 조금만 먹으니 먹은 것 같지가 않았기 때문입니다. 줄넘기도 조금만 하면 숨이 차고, 달리기를 하거나 산책하는 건 무척 귀찮은 일이었습니다.

"아, 힘들어!"

그날 오후 운동을 조금 한 민지는 소파에 푹 주저앉고 말았습니다. 허기져서 저녁은 그만 과식을 하고 말았습니다.

일주일이 지나고 이주일이 지나도 살은 빠지지 않고, 의지가 약한 자신이 원망스럽기만 했습니다.

'에이, 나는 왜 다이어트가 안 되는 거야?'

스스로 생각해도 속만 상했습니다. 아빠는 그런 민지를 지켜보기만 했습니다. 살찐 게 문제가 된다고 걱정은 하지만 강제로 살을 빼게 하거나 야단을 치지는 않았습니다.

"아빠, 저 살 빼게 좀 도와주세요."

어느 날 민지가 드디어 아빠에게 도움을 청했습니다.

"그래? 어떻게 도와줄까?"

"저는 의지가 약한 것 같아요."

살을 빼려는 노력이 오래 가지 않는다는 민지의 말을 다 들은 아빠가 웃으며 말했습니다.

"그럼 이렇게 하는 게 어때? 우리 민지가 먹는 음식의 일부를 다른 친구들에게 나눠주는 거야."

"네? 그게 무슨 말씀이세요?"

"음식을 나눠주면 살도 뺄 수 있고, 남도 도울 수 있잖아."

말을 마친 아빠는 아프리카 난민 돕기 성금 카드를 마치 준비하고 있었던 것처럼 가방에서 꺼냈습니다.

"아빠 친구가 이곳 사무국장인데 안 그래도 도움을 좀 달라고 했어."

아빠가 건네준 카드에는 눈이 커다란 흑인 아이들이 굶주림에 시달려 바짝 마른 사진이 실려 있었습니다. 밥 한 끼 아끼면 그 아이들의 일주일 식량이 된다는 말에 민지는 큰 충격을 받았습니다.

"저 당장 이거 신청할래요."

민지는 카드에 꼼꼼히 이름과 연락처, 그리고 은행 계좌번호를 적었습니다.

"우리 민지가 이번엔 친구에게 먹을 것을 나눠 주기로 했으니까 다이어트에 과연 성공하나 봐야지."

다음날부터 민지는 변했습니다. 밥을 반 공기만 먹어도 나머지 아낀 밥으로 가난한 아프리카 아이들을 도울 수 있다고 생각하니 용기가 났던 겁니다. 줄넘기와 달리기도 더욱 열심히 했습니다. 하지만 처음엔 살이 빠지질 않았습니다.

"민지야, 살들이 안 빠지겠다고 버티고 있는 거야. 조금만 더 기운을 내."

민지는 아프리카의 친구를 생각하며 운동과 다이어트를 이어갔습니다. 단 하루도 거르지 않았습니다. 그런 민지의 노력은 눈물겨 웠습니다. 아빠와 엄마는 곁에서 지켜보며 격려만 해줄 뿐이었습 니다.

그로부터 한 달 가까이 지난 어느 날 아빠가 퇴근해서 집에 들어 왔다가 훌쩍거리는 민지를 보았습니다.

"아니, 민지야 왜 울어?"

엄마는 그런 민지를 보면서 웃고만 있었습니다. 민지가 눈물 범 벅이 된 얼굴로 아빠에게 편지 한 통을 내밀었습니다. 얼핏 봐도 외 국에서 온 편지가 분명했습니다.

"아빠, 케냐에서 내가 돈 보내 준 아이한테 고맙다고 편지가 왔 어요. 그런데 너무 불쌍해. 흑흑!"

아빠는 흐뭇했습니다. 딸이 이렇게 좋은 일을 하고 눈물을 흘리 는 걸 보니 너무나 사랑스러웠습니다.

"그리고 좋은 일도 있어요."

"뭔데?"

언제 울었냐는 듯 활짝 웃으며 민지가 말했습니다.

"저 살 빠졌어요. 3kg이나 갑자기 빠졌어요."

아빠는 환하게 웃었습니다

“하하하! 우리 민지 좋은 일이 겹으로 왔네. 그것 봐. 좋은 일을
하니까 살도 빠지잖아.”

“정말 그런 것 같아요.”

아빠는 약간 살이 빠져 홀쭉해진 딸 민지를 꼭 끌어안았습니다.
이제 민지는 어떤 일이든 의지를 가지고 잘 실천해 나갈 것이기 때
문입니다. 남을 돕는 일은 이렇게 또 다른 좋은 결과를 가져 오는가
봅니다.

용기 있는 실천이 우리의 지구촌 가족을 더 행복하게 만들어 줍니다

우리나라 어린이들은 요즘 너무 잘 먹는 게 탈입니다. 그러다 보니 길거리에서도 뚱뚱한 어린이들을 쉽게 만날 수 있습니다. 할아버지 할머니 세대만 해도 잘 먹지 못했는데 말이지요.

전 세계의 농토는 70억 인구를 충분히 먹여 살릴 수 있답니다. 그런데도 지구촌 곳곳에서 굶어 죽는 사람들이 나오는 건 제대로 분배되지 않기 때문이랍니다.

　우리 어린이들이 욕심을 줄여 음식을 덜 먹게 되면 그건 그만치 못 먹는 이 세상 누군가에게 갈 수 있습니다. 덩달아 살도 빠지니 일석이조겠지요.

　문제는 그런 마음의 결심을 하고 용기를 내서 실천하는 것입니다. 나의 용기 있는 실천이 우리가 사는 지구촌을 좀더 행복한 곳으로 만들 수 있답니다.

때리지 않고 말로 하기

할머니는 방금 한 부침개와 식혜를 들고 아파트에서 내려옵니다. 바로 앞 동에 사랑하는 손자 문근이가 살고 있기 때문입니다. 같은 아파트 단지에 사니까 할머니는 이렇게 맛있는 것을 해서 손자의 집에 자주 가곤 합니다. 물론 문근이도 할머니댁에 자주 놀러 가고요.

온 가족이 맛있게 먹을 길 생각하며 할머니는 문근이네 출입문 비밀번호를 눌렀습니다.

그런데 문을 열고 들어가자 집 안에는 온통 문근이가 우는 소리

로 가득합니다.

"으아아앙! 잘못했어요! 잘못했어요!"

"이놈의 자식! 또 그럴래?"

아빠가 문근이를 사정없이 회초리로 때리고 있었습니다.

"아이고, 이게 무슨 일이냐?"

할머니는 들고 있던 그릇을 내려놓고 달려가서 문근이를 꼭 끌어안았습니다.

"어머니 비키세요! 이 녀석 도저히 사람되긴 글렀어요. 매를 좀 맞아야 해요."

"아이구, 말로 해라! 말로! 왜 그러냐? 도대체!"

문근이는 할머니 등뒤에 숨어서 더욱 크게 웁니다.

"어머니 때문에 애가 저 모양이잖아요. 응석만 부리고…. 일루 와! 너 이자식 일루 안 와? 오늘 아주 혼날 줄 알아!"

그럴수록 문근이는 더 크게 울었습니다. 할머니는 문근이를 감싸며 소리쳤습니다.

"이 녀석아, 차라리 나를 때려라, 나를 때려…. 왜 아이를 잡고 그러냐?"

아빠는 더 이상 때릴 힘이 사라져 버렸는지 소파에 털썩 앉아 버렸습니다.

"아유, 불쌍한 내 새끼. 뭐냐, 애 다리를 이 모양으로 해 놓고…."

할머니는 구급상자에서 약을 꺼내다 발라주고는 문근이를 방으로 데리고 들어갔습니다.

"문근아, 무슨 일이냐? 도대체 왜 그랬어?"

"아빠가 때렸어요."

"네가 뭘 잘못했을 거 아냐?"

"…."

문근이가 말을 못합니다.

"잘못했구나, 또…."

문근이는 외아들로 어려서부터 오냐오냐 키워서 그런지 자기만 아는 아이입니다. 그러지 말라고 늘 이야기하지만 어려서부터 습관이 된 것은 어쩔 수 없있습니다. 친구들과 싸우고 오기도 하고, 게임이나 인터넷을 너무 좋아하는 것도 큰일이었습니다.

하지만 그럴 때마다 할비니는 밀했습니다. 요즘 아이들 다 그렇다고, 때 되면 괜찮아진다고 말이지요.

"사실은요, 할머니."

"응."

“학원에 안 가고요, 피시방에 갔다 왔어요.”

“어떻게 아빠가 알았어?”

“옷에서 담배 냄새 난다고요.”

할머니가 맡아보니 정말 문근이의 옷에는 담배 냄새가 배어 있었습니다.

“이 녀석아, 그러게 피시방에 뭐 하러 가? 공기도 안 좋은데…. 아빠한테 혼나면서….”

“자꾸 가고 싶어요.”

“그래도 가지 말아야지. 다음부턴 가지 마라.”

“네.”

“아빠에게 이렇게 맞고 야단맞으면 좋아?”

“….”

“안 좋지?”

“네.”

문근이도 다시는 가지 않아야겠다고 생각하는 것 같았습니다. 훌쩍거리는 문근이가 불쌍해서 할머니는 침대에 눕히고 다독여 줍니다.

“문근아, 사실은 너희 아빠도 말 참 억수로 안 들었다.”

“정말이에요?”

“그럼, 내가 너희 아빠를 혼내느라고 얼마나 고생이 많았는데….”

“아빠는 어땠는데요?”

할머니는 아빠가 어렸을 때 있었던 일을 이야기했습니다.

“장난이 얼마나 심했는지 너희 아빠도 나한테 많이 혼났다. 피시방 간 건 문제도 아니야.”

“정말요?”

“그럼. 어린 시절에 하루는 집에 와보니까 쌀을 퍼간 거야. 그래서 쌀을 퍼다 어디다 썼냐니깐 말을 안 해. 동네 아이들에게 물어보니까 엿장수가 지나갔단다.”

“엿장수가 뭐예요?”

“동네 고물이나 못 쓰는 물건 받고 엿을 주는 사람이지. 너희 아빠가 글쎄 쌀을 한 바가지 퍼주고 엿으로 바꿔서는 아이들과 나눠 먹은 거란다.”

“저, 정말이에요? 아빠 할머니한테 많이 맞았겠네요?”

“맞기는…. 말로 했지. 그러지 말라고….”

“아빠는 어렸을 때 할머니 말씀 잘 들었나는데요.”

"아비 어미 말을 잘 듣는 자식이 어디 있냐? 그런 거 없단다."

"못 믿겠어요."

"정말이다. 옛날 우리가 살던 마을 이장님 성격이 깐깐했는데,
너희 아빠가 할아버지 없이 자라서 버릇없다며 늘 한 소리 하셨지."

할머니 말씀이 할아버지는 일찍 돌아가셨다고 합니다.

"한번은 너희 아빠가 이장님한테 인사를 안 하고 지나가니까, 이
장님이 아빠한테 한 말씀 하셨나 보더라."

"인사를 안 해요? 나한텐 인사 잘하라고 그랬는데…."

"그래. 이장님이 너 왜 인사 안 해? 그러고 야단을 쳤더니 너희
아빠가 그만 앙심을 품었어. 이장님 댁 텃밭에 호박이 잘 영글었거
든. 그랬더니 너희 아빠가 이장님네 호박에다가 말뚝을 박아버린
거야."

"네에? 그게 어떻게 하는 건데요?"

"호박에 말뚝을 박아버리면 호박을 못 쓰게 되지. 이장님이 그걸
나중에 알고서 찾아와서 내가 손이 발이 되게 빌었다."

"그럼 아빠는 매 많이 맞았겠어요."

"매? 한 번도 안 때렸지."

"왜, 왜요?"

"왜 안 때렸겠니?"

"아빠가 귀한 아들이어서 그러신 거 아니에요?"

"아니야. 귀한 아들이면 더 때려야지."

문근이는 정말 궁금했습니다. 정말 지기보다 더 밀씽을 부리는 아빤데 왜 어렸을 때는 매 한 번 안 맞고 컸을까요.

그때 방문이 열리면서 아빠가 들어왔습니다.

"어머니."

"무슨 일이냐?"

"어머니 말씀 들었어요. 어머니, 죄송합니다."

아빠는 차분한 목소리로 사과했습니다.

"알았으면 됐다. 다시는 문근이 때리지 마라."

아빠 눈가가 빨개졌습니다. 아마 방 밖에서 할머니가 문근이에게 해주던 어린 시절 이야기를 듣고 옛날 생각이 났나 봅니다.

"어머니, 정말 지금 생각해 보면 못된 아들이었는데 왜 한번도 절 때린 적이 없으세요? 왜 그러셨어요?"

할머니는 빙긋이 웃었습니다.

"얘야, 오늘 말해서 못 알아듣는 자식한테는 기다렸다가 내일 말해주면 되는 거란다. 하루 지나면 하루만큼 철들기 때문이지. 왜 때려야겠니? 알아들을 때까지 말하고 못 알아들으면 마는 것이지."

그 말을 듣자 아빠는 고개를 돌렸습니다. 그리곤 눈가를 닦았습니다. 홀어머니로 자기를 키웠던 고생이 새삼 느껴졌기 때문입니다.

“너도 아들 잘 키우려고 때리는 거지. 다 안다. 하지만 말로 해라. 사람이 동물과 다른 게 뭐냐? 말로 하는 거 아니겠니?”

“네.”

“문근이 너도 아빠가 말씀하면 잘 들어라. 맞아서 말 듣는 게 얼마나 바보 같은 일이니?”

“네.”

아빠가 문근이에게 말했습니다.

“문근아, 아빠가 다시는 니 때리시 않을게. 미안하다.”

“괘, 괜찮아요. 아빠. 저도 피시방 다시는 안 갈게요.”

아빠는 그날 집에 있는 모든 회초리를 분질러 버리고 말았습니다. 진정한 사랑은 교육이라는 이름으로 때리는 것까지도 용서하지 않는 것이기 때문이지요.

올바른 교육을 위해서 회초리를 버리는 아빠의 모습은 용기입니다

어린이들은 어른들 말을 잘 안 듣습니다. 어른들은 그런 어린이들을 어떻게 해서든 바로잡으려고 합니다. 왜들 그러는 걸까요?

어린이들이 자유분방하게 마음대로 하고 싶은 건 본능입니다. 그런 걸 어느 정도 해야 건강한 어른으로 자랄 수 있습니다. 그런데 또한 어른들은 이 세상의 규율과 사리 분별을 어린이들에게 가르치려 합니다. 그런 걸 잘해야 이 사회에서 적응해 살 수 있기 때문입니다. 그러니 항상 어린이들과 부모 사이에는 갈등이 있는 것입니다.

아이들을 올바로 교육시키는 방법 가운데 사랑의 매가 있다지만 이건 될 수 있는 한 피해야 합니다. 자칫하면 어른들의 감정이 매에 실릴 수 있고, 어린이들은 매에 길들여져 폭력적이 될 수 있기 때문입니다. 올바른 교육을 위해 회초리를 버리는 아빠의 모습은 용기입니다.

온몸을 던지는 아저씨

화창한 봄날입니다. 산과 들에는 온통 꽃들이 만발했습니다. 겨우내 말라붙었던 천지가 어디에 저런 꽃들을 숨겨놨는지 모를 지경입니다.

그 산밑에 아담하게 자리잡은 식당이 하나 있었습니다. 봄소풍 나온 사람들이 오가다 들러 맛있는 음식을 빚을 수 있는 곳입니다. 널찍한 주차장노 준비되어 자동차가 얼마든지 들어갈 수 있습니다. 이곳 주차장을 관리하는 사람은 가까운 곳에 사는 김씨 아저씨입니다. 사람 좋은 아저씨는 주차장 관리인이 되어 달리는 식당 주인

의 부탁을 시원시원하게 들어주었습니다. 왜냐하면 그와는 초등학
교 동창이기 때문입니다.

"믿음직한 자네가 주차 관리를 해주니 나는 너무 좋네."

"무슨 말을? 오히려 내가 고맙지."

식당에서 맛있게 음식을 먹은 사람들이 나와 보면, 타고 온 차가
김씨 아저씨 덕분에 제 자리에 잘 주차되어 있어서 기분이 좋았습
니다.

주말이면 가족 손님들이 몰려오니 아저씨는 더 바쁘게 뛰어다녀
야만 했습니다.

"이쪽으로 대세요. 조심하세요. 어린이들이 있습니다."

가족들과 함께 오는 어린이들은 어디로 튈지 모릅니다. 그래서
아저씨는 어린이들만 눈에 띄면 차를 움직이지 못하게 합니다.

"아저씨, 차 좀 대야 하는데요?"

"잠시만요. 어린아이들이 식당 들어갈 때까지 조금만 기다리
세요."

어린이들이 예측할 수 없는 행동을 한다는 걸 너무나 잘 알기 때
문입니다. 맨 처음에 짜증내던 사람들도 아저씨가 아이들을 보호하

기 위해서 그런다는 걸 알고는 다 고마워했습니다.

그래서 항상 주차장에는 웃음이 끊이지 않았습니다. 부모들이 이 식당을 더욱 믿고 찾는 건 바로 이렇게 아이들 안전에 신경 써 주는 아저씨가 있기 때문입니다.

날씨가 상쾌한 주말이었습니다. 차들이 몰려와 넓은 주차장을 가득 채웠습니다.

"자 이쪽으로 대십시오. 하얀 차는 저쪽으로 가세요."

아저씨는 땀이 뻘뻘 나도록 뛰어다녔습니다. 자동차 주인들은 아저씨에게 열쇠를 맡기고 들어갔습니다. 그러면 아저씨는 그 차를 몰아 정해진 자리에 대놓는 게 일이었습니다. 운전을 오래 했기 때문에 아저씨의 주차 솜씨는 뛰어납니다. 게다가 조심해서 차를 지켜주기 때문에 손님들이 가끔 팁(봉사료)을 주기도 합니다.

"아저씨, 고맙습니다. 음료수라도 시 드세요."

"아이고, 감사합니다."

그런 팁은 거절하지 않고 받습니다. 왜냐하면 그 돈으로 사탕을 사서 주차 관리 컨테이너에 준비해 놓기 때문입니다. 위험하게 뛰어다니는 아이들이 있으면 아저씨는 아이들을 불러서 사탕을 주었습니다.

“얘들아, 사탕 줄 테니까 아저씨 말 잘 들어.”

그러면 아이들도 사탕을 먹기 위해 얌전해집니다. 그래서 이 식당은 안전한 곳으로 소문이 더 나 있었던 것입니다.

멋진 고급 자동차가 들어온 것이 그때였습니다. 주차장 입구에 차가 서자 운전석에서 사람이 내렸습니다.

“자, 키 맡기고 들어가세요. 제가 봐드리겠습니다.”

“괜찮습니다.”

차에서 내린 사람이 말했습니다.

“네?”

“차에 사람이 있어요.”

그때였습니다. 갑자기 차가 슬슬 굴러가는 거였습니다. 아저씨는 깜짝 놀랐습니다. 운전석에 있는 사람이 내렸는데 차가 움직였기 때문입니다.

“아니, 이럴 수가….”

등골에서 식은땀이 흐르며 아저씨는 허둥댔습니다. 마침 식사를 마친 아이들이 주차장으로 달려오는 것도 보였습니다.

“얘들아, 위험해! 비켜!”

아저씨는 황급히 움직이는 차 앞으로 달려가 막았습니다. 보닛(자동차 앞 엔진 부분의 덮개)을 잡고 힘껏 차를 밀었지만 차는 뒤로 밀리지 않았습니다.

"어쩜 좋지? 차가 왜 이렇게 무거운 거야?"

차에서 내린 사람은 다시 차에 올라 브레이크라도 밟을 생각을 하지 않고 어이없다는 표정으로 아저씨에게 물었습니다.

"아니, 왜 그러세요?"

"차가 굴러가잖아요? 손님이 내리셨는데….."

그때 차 창문이 열렸습니다. 조수석 쪽에서 다른 사람이 내다보며 말했습니다.

"아저씨, 제가 운전하고 있어요."

"아니, 조수석에서 어떻게 운전을 해요?"

"하하, 이 차는 운전석이 오른쪽에 있어요."

"네?"

아저씨는 깜짝 놀라 자세히 살펴보았습니다. 그러고 보니 그 차는 정말 핸들이 오른쪽에 있었던 것입니다.

"제가요, 일본에서 오래 살다 와서요. 이거 제가 일본에서 가져온 일본차예요."

"아이고, 놀래라. 아이들 있는데 차가 굴러가는 줄 알고 십년감
수했네요."

아저씨는 그제야 자신의 온몸이 땀으로 젖은 것을 알았습니다.

"하하, 아저씨. 그렇다고 차가 굴러가는데 몸으로 막으면 어떡
해요?"

“아니, 몸을 던져서라도 막을 수 있으면 막아야죠. 제가 여기 주차장 책임잔데.”

아저씨는 온몸과 다리에 힘이 풀리는 것 같았습니다. 만약에 그 차가 저절로 굴러간 것이었으면 앞에 있는 어린이들에게 큰일이 날 뻔했기 때문입니다.

“아저씨, 저도 애 기르는 사람입니다. 애들 있는 데서 차가 그냥 흘러가게 놔두겠어요?”

“아유, 일본차는 처음 봐서 그래요.”

“아무튼 고맙습니다. 아저씨처럼 이렇게 차를 막는 사람은 처음 봤어요. 하하하!”

주변에서 구경하던 사람들이 모두 박수를 쳤습니다.

“아유, 아저씨 훌륭하세요. 하하하!”

손님들은 크게 웃었지만 저렇게 아이들을 지키겠다고 온몸을 던져 자기 책임을 다하려는 사람을 본 것이 얼마만인가 하는 생각이 들었습니다.

봄볕이 가득한 하늘은 맑았습니다. 계속해서 봄바람이 산들산들 불어와 식은땀이 난 아저씨의 몸을 수고했다는 듯 식혀주었습니다.

살신성인의 고귀한 마음과 행동은
주변에서도 쉽게 찾아볼 수 있습니다

어린이들에게는 늘 교통사고의 위험이 있습니다. 예측할 수 없게 움직일 뿐 아니라 작아서 잘 안 보이기 때문입니다.

이 이야기의 김씨 아저씨는 그런 사실을 너무나 잘 알고 있었습니다. 그렇기 때문에 운전대가 오른쪽에 있는 일본 자동차가 왔을 때 정말 놀랐습니다. 그렇기에 자신의 몸을 던져서라도 어린이를 보호하려는 마음은 대단한 것입니다. 차를 몸으로 막을 수는 없는데도 아저씨는 용기를 내서 차를 멈추려 했습니다. 어린이를 보호하려는 마음이 그런 아름다운 행동을 하도록 만든 것입니다.

물론 아저씨의 착각으로 모두 웃고 말았지만, 자동차는 정말 위험하다는 것을 항상 잊지 않기 바랍니다.

오늘 내린 눈

"김 씨, 내일부터는 나오지 마세요. 공사 끝났어요."

"네? 그게 무슨 말씀이세요?"

태석이 아빠는 깜짝 놀랐습니다. 매일 일을 나가던 아파트 공사 현장에서 갑자기 소장이 앞으로는 일하러 나오지 말라는 것이었습니다. 오래전에 사업을 하다가 실패한 뒤 석이 아빠는 집에서 놀 수가 없어 이렇게 막노동을 했던 것입니다. 태석이와 가족들을 돌보려면 공사장에서 받는 작은 돈이라도 열심히 모아야 하는데, 일거리가 갑자기 없어졌으니 걱정입니다.

“우리 회사가 부도났어요.”

“네?”

“내일부턴 일 나와 봤자 돈을 안 준대요. 나도 안 나올 거요.”

경기가 안 좋다 보니 아파트를 짓던 회사가 망하고 만 것입니다.

“아, 알겠습니다.”

그날부터 태석이 아빠는 집에서 또다시 쉬어야만 했습니다. 태석이 급식비도 낼 수 없을 지경이 되었고, 태석이 엄마가 파출부로 일을 다니지만 그것으로는 연립주택 반지하 방 월세를 내기도 빠듯한 실정이었습니다. 밖에 나돌아 다녀봐야 교통비나 쓰고 힘만 빠지기 때문에 아빠는 집에서 하루하루를 보냈습니다. 주변의 아는 사람들에게 일자리를 부탁했지만 마땅한 일자리가 나올 리 없었습니다. 불황이었으니까요.

엄마가 일하러 나가고 태석이가 학교에 가고 나면 아빠는 반지하 방 창문을 열고 담배 연기를 내뿜으며 답답한 속을 달랠 뿐이었습니다.

“에이, 이놈의 담배도 끊어야지 안 되겠다. 돈도 못 버는데 담배는 무슨 담배!”

마지막 담배를 피운 뒤 아빠는 물 한 모금을 마시고 담배도 끊어

버렸습니다.

하지만 가정 형편은 점점 어려워지고 빚은 늘어만 갔습니다. 날씨가 추워지면서 겨울은 점점 깊어 가는데 아빠에게는 미래가 보이지 않았습니다.

"이대로 죽을 순 없는데 어쩌면 좋지?"

그러던 어느 날, 밤새 눈이 하얗게 내렸습니다. 아침에 눈을 떠 보니 흰꽃 세상이 되어 있었습니다.

"태석아, 학교 가야지. 어서 일어나라!"

잠을 자고 있는 태석이를 아빠가 흔들어 깨웠습니다.

"아이, 아빠 5분만 더…."

"어서 일어나. 눈 왔어."

"네? 정말요?"

눈 왔다는 말에 태석이는 눈을 번쩍 떴습니다.

"야~ 정말이네! 학교 가서 눈싸움해야지!"

철부지 태석이는 졸린 눈을 비비며 세수하고 옷을 입은 뒤 아침밥을 먹고 집을 나섰습니다. 엄마는 일을 나가면서 길 미끄러운 것을 걱정했습니다.

“아이구, 한번 미끄러지면 크게 다치겠네.”

집안을 깨끗이 정리해 놓은 부지런한 태석이 아빠는 눈이 내리는 바깥길을 하염없이 바라보았습니다. 사람들이 종종걸음을 치며 좁은 골목길을 내려가는 모습을 보던 아빠는 갑자기 두툼한 옷을 입고 운동화를 신은 뒤 밖으로 나갔습니다. 다닥다닥 연립주택들이 모여 사는 태석이네 동네의 길은 눈이 쌓여서 빙판으로 변해가고 있었습니다.

‘나라도 치워야겠군.’

부지런해서 일하는 걸 좋아하는 아빠는 널빤지 하나를 구해 그곳에 각목을 대고 못을 쳐서 금세 눈 치우는 가래를 만들었습니다. 그리고 집 앞부터 가래로 눈을 밀어내기 시작했습니다. 사람이 다닐 수 있는 통로를 만드는 것입니다. ‘슥슥’ 소리를 내며 태석이 아빠가 만든 가래가 움직이자 눈이 쓸리면서 길이 만들어졌습니다.

“아유, 수고하십니다!”

지나가던 사람들이 간간이 인사를 했습니다.

“에이, 별 말씀을요.”

애초의 계획은 집 앞만 치우는 것이었습니다. 그러나 사람들의 인사를 받고 생각해보니 태석이나 아내가 집에 돌아올 때 길이 얼어 있으면 곤란할 것 같았습니다.

"그래, 내친 김에 큰길까지 치운다."

태석이 아빠는 열심히 눈을 치웠습니다. 눈을 치운다고 누가 칭찬해 주거나 돈을 주는 것도 아니었지만 열심히 일을 하다 보니 모든 설움이 잊히는 것만 같았습니다.

"영차! 영차!"

한 시간 정도 시간이 지나자 온몸에서 후끈후끈 열이 났습니다. 오랜만에 땀을 흘리며 일해 등에서는 김이 솟았습니다.

치운 길을 돌아다 보니 사람들이 다니기 편하게 되어 있었습니다. 눈 치운 곳으로만 사람들이 오가는 것을 보며 아빠는 보람을 느꼈습니다.

"이번엔 위쪽을 좀 치워야 되겠군."

위쪽에서 내려오던 사람들이 미끄러지는 것을 본 뒤 태석이 아빠는 비탈 위에 있는 눈도 열심히 치웠습니다. 그날 오전 태석이네 집 앞 골목 백여 미터는 눈이 온 흔적도 없이 깨끗해졌습니다.

그날 오후 집에 돌아온 태석이와 엄마는 아빠가 눈을 다 치웠다는 말에 자랑스러워했습니다.

"아빠, 멋져요."

"당신 참 잘했어요."

저녁 식사를 마친 늦은 시각에 누군가가 태석이네 집 문을 두드렸습니다. 엄마가 나가 보니 계단 입구에 태석이네가 세 사는 다가구 주택 주인 할아버지가 서 있었습니다. 할아버지는 이 동네에 집을 여러 채 가지고 있는 부자입니다. 하지만 늘 검소하고 절약하는 삶을 사시는 분입니다.

"태석이 아빠 계세요?"

도둑이 제발 저리다고 엄마가 먼저 말했습니다.

"저희들 월세 때문에 그러시지요? 조금만 기다려주세요. 곧 내겠습니다."

"아니요, 그게 아니고…. 오늘 아침에 태석이 아빠가 눈 치우는 걸 봤어요."

"네. 그러셨어요?"

"이 동네에서 수없이 많은 세입자를 봤지만, 태석이 아빠처럼 집 앞을 치우는 사람은 처음 봤소."

"부끄럽습니다. 당연한 걸 가지고."

아빠는 얼굴이 빨개졌습니다.

"내 평소에 태석이 아빠 부지런하고 사람 좋은 건 잘 알고 있었어요. 그래서 오늘 내가 부탁 하나 하러 왔소.”

“무, 무슨 부탁이세요?”

“내가 나이가 먹어서 이제는 여기 있는 집들 월세를 받고 관리를 하기가 힘이 들어요. 그리고 아들이 살고 있는 미국에 좀 갔다 올까 생각 중인데 이참에 태석이 아빠가 우리 집들을 맡아서 관리해 줬으면 좋겠어요.”

“네? 과, 관리요?”

생각도 못한 이야기였습니다.

“그래요. 그 대신 태석이네 집세는 면제고, 전화도 받고 집수리도 해주면서 이것저것 관리를 해야 되니까 일하는 것만큼은 돈을 줄 수가 있는데 어때요? 한번 해보시겠소?”

아빠는 깜짝 놀랐습니다. 이런 행운이 오다니요. 다가구 주택을 관리하는 일은 막노동에 비하면 정말 수월한 일이기 때문입니다.

“무, 물론입니다.”

“그러면 내가 믿고 맡기고 가도록 하겠어요.”

주인 할아버지는 태석이 아빠가 남의 집 앞까지 눈을 쓰는 것을 보고 감동을 받은 것입니다. 그렇게 아무 대가 없이 남을 배려하는 선량한 마음씨를 가진 사람이니 무슨 일이든 믿고 일을 맡길 수 있

겠다고 생각한 것이지요.

"여보, 이게 무슨 행운이래?"

"글쎄 말이야."

할아버지가 돌아간 후 세 사람은 꼭 끌어안고 기뻐했습니다. 하늘이 무너져도 솟아날 구멍이 있다는 걸 알았습니다.

오늘 내린 눈은 남의 어려움을 배려해 준 태석이 아빠에게 찾아 온 그해 첫 선물이었습니다.

고마운 마음씨, 착한 행동은
언제든 자신에게 복으로 돌아옵니다

태석이 아빠는 일거리를 잃고 말았습니다. 가정을 책임지는 아빠가 일이 없으면 그 가정은 곧 위험에 빠집니다. 정말 큰일이 난 것입니다.

하지만 태석이 아빠는 좌절하여 방에만 있거나, 술 담배로 현실을 피하려 하지 않았습니다. 뭔가 하려는 의욕이 있습니다. 그렇기 때문에 눈이 오니까 스스로 나

서서 길의 눈을 쓸었습니다. 남에게 보이기 위해서가 아니라
자기 스스로 보람을 느끼며 즐거운 마음으로 일을 했습니다.
이렇게 부지런하면서 어려움이 와도 이겨낼 수 있기에 태석
이 아빠에게는 새로운 희망이 생긴 것입니다.

재미있는 독후 활동

독서 논술 전문 교육업체 ❀ 생각연필 독서논술과의 제휴를 통해
심화학습을 위한 독후 활동지를 부록으로 수록합니다.

여러분은 '용기'가 무엇이라고 생각하나요?

선생님이랑 수업하는 한 친구는 매우 소극적인 아이였어요. 수업 시간에 목소리가 모깃소리만큼 작고, 자신감 없는 태도로 늘 고개를 숙이고 있어요.

선생님은 그 친구에게 부드러운 목소리로 말했어요.

"선생님은 너와 함께 수업하는 게 너무 좋아. 너는 참 멋진 친구야!"

그런 말을 여러 차례 들려주었더니 그 친구는 점점 달라지기 시작했어요. 이제는 용기가 생겼대요.

자, 여러분은 어떤 일을 할 때 용기가 필요할까요?

고정욱 선생님이 들려주는 용기와 희망의 이야기를 읽고 나는 어떤 경우에 용기를 낼 수 있을지 생각해 봐요.

책을 읽고 생각해 보기

1. 〈아빠 죽으면 안 돼〉

   다른 사람을 도와 줄 수 있는 방법에는 어떤 것들이 있는지 세 가지만 적어보세요.

   ____

   ____

   ____

2. 〈새엄마와 양말〉

   가족끼리도 서로 사랑하고 상대에게 맞추려는 배려심이 필요합니다. 여러분은 지금까지 엄마 아빠를 위해 무엇을 맞춰주었나요? 앞으로 엄마 아빠를 위해 내가 할 수 있는 일은 무엇이 있을지 적어 보세요.

   ____

   ____

3. 〈왕따의 뜻〉

   왕따는 사람을 차별하고 고동받게 하는 나쁜 행동이에요. 그런데도 왕따가 생기는 이유는 무엇일까요?

   ____

   ____

4. 〈예쁜 강아지 키울 사람〉

우리 말에 '오지랖'이라는 단어가 있어요. 쓸데없이 남의 일에 참견하는 것을 뜻
해요. 민성이와 민철이가 이웃집 강아지는 위해 포스터를 붙인 행동은 오지랖일
까요? 아니면 강아지를 위해 희망을 나눈 것일까요? 그 이유를 적어 보세요.

5. 〈권투선수 우리 아빠〉

삶을 보다 훌륭한 것으로 바꾸는 것은 용기뿐입니다. 할 수 있다는 마음으로 도
전하는 자세가 있는 한 어떤 어려움도 내 앞길을 막지 못합니다. 지금까지 겪었
던 일 중에 가장 큰 시련은 어떤 것이었나요? 아무리 어려운 시련이 닥쳐도 꼭
이루어보고 싶은 일은 어떤 것인가요?

6. 〈이제 다시 시작해〉

전설의 기타리스트 '펫 마티노' 이야기를 읽고 꾸준히 꿈을 위해 노력하는 사람
을 이길 수 있는 사람은 없다는 것을 다시 한번 깨달았어요. 그렇다면 여러분의
꿈은 무엇인가요? 그 꿈을 위해 어떤 노력을 꾸준히 하고 있나요?

7. 〈다이어트 성공법〉

우리 어린이들이 욕심을 줄여 음식을 덜 먹게 되면 그건 그만치 못 먹는 이 세상 누군가에게 갈 수 있습니다. 덩달아 살도 빠지니 일석이조겠지요. 평소 좋아하고 잘 먹는 음식을 적어 보세요. 또 그 중에서 쉽게 살찌는 음식은 어떤 것인지 적어 보세요.

【평소 좋아하고 잘 먹는 음식】

【쉽게 살찌는 음식】

8. 〈때리지 않고 말로 하기〉

문구점에서 '사랑의 매'라는 것을 팔고 있었어요. 과연 '사랑의 매'는 사랑에서 나온 행동일까요? 아니면 그저 폭력일 뿐일까요? 체벌과 폭력을 구분하는 기준은 무엇일까요?

9. 〈온몸을 던지는 아저씨〉

어린이들에게는 늘 교통사고의 위험이 있습니다. 예측할 수 없게 움직일 뿐 아니라 작아서 잘 안 보이기 때문입니다. 교통사고를 당하지 않으려면 어린이들이 어떻게 해야 하는지 아는 대로 적어 보세요.

____

____

____

10. 〈오늘 내린 눈〉

고마운 마음씨, 착한 행동은 언제든 자신에게 복으로 돌아옵니다. 아무런 대가 없이 주변 사람을 위해 했던 일을 적어 보세요. 그렇게 했을 때 어떤 느낌이 들었나요?

____

____

단어 퍼즐

아래 표에는 이 책에 등장하는 낱말들이 숨어 있어요 가로, 세로, 대각선을 잘 살펴 세 글자 이상의 낱말 8개(예시 제외)를 찾아 줄을 그어 보세요.

어	발	비	사	운	다	시	용	구	강
가	리	바	실	아	이	는	사	리	아
치	하	민	리	수	프	지	하	눈	지
얼	작	은	시	도	가	리	꽁	이	펄
채	민	작	기	유	퇴	파	카	운	트
이	해	우	성	공	비	법	최	라	희
세	준	건	서	민	아	책	머	주	니
엿	장	수	가	이	희	해	차	인	의
로	말	소	장	지	방	관	종	다	리
사	탕	달	주	메	리	크	귀	빠	설

초성 퀴즈

다음은 이 책에 나오는 낱말로 이루어진 초성 퀴즈입니다. 초성을 보고 어떤 낱말인지 맞춰보세요.

초성	힌트	정답
ㄷㅂㅅㄹ	같은 병을 앓는 사람끼리 서로 가엾게 여긴다는 뜻	
ㅃㄸㅃㄸ	물체가 이쪽저쪽으로 기울어지며 자꾸 흔들리는 모양	
ㄱㅇㅇ	언짢고 꺼림칙하여 하기 싫은 일	
ㅎㄷㄱ	경망스럽고 야단스러운 말이나 행동	
ㄱㅈㄱㄴ	어떤 집단의 사람들에 대한 단순하고 지나치게 일반화된 생각들	

초성	힌트	정답
ㄴㅁㅇ	뇌 수막의 염증. 열이 나며, 뇌척수액의 압력이 올라가기 때문에 심한 두통 · 구역질 · 목이 뻣뻣해지는 증상이 나타남	
ㅈㄱㅊ	지구 전체를 한 마을처럼 여겨 이르는 말	
ㄱㄱㅅㅈ	구급약 및 간단한 의료 도구를 넣어 두는 상자	
ㅅㅅㅅㅇ	자기의 몸을 희생하여 인(仁)을 이룸	
ㄷㄷㄷㄷ	자그마한 것들이 한곳에 많이 붙어 있는 모양을 뜻하는 의성어	

기사를 읽고 편지 쓰기

지난달 경기 평택 냉동창고 공사장에서 불이 나 진화에 나선 소방관 세 명이 순직했다. 2021 소방청 통계에 따르면 최근 10년간 소방관 49명이 화재 진압 등 업무 중 순직했다.

소방관은 국민의 생명과 재산을 보호하기 위해 가장 먼저 들어가서 가장 마지막에 나온다는 'First In, Last Out' 정신으로 사고 현장에 뛰어든다.

2022년 2월 9일 〈한국경제〉 기사 중에서

'용기'란 씩씩하고 용감한 기운을 뜻하는 말이에요. 어려운 상황에서도 용기있게 뛰어들어 다른 사람의 목숨을 구한 사람들이 많아요. 〈온 몸을 던지는 아저씨〉에 나온 아저씨처럼 다른 사람을 위해 용기있게 행동하는 분들께 마음을 전하는 편지를 써 보세요.

편지 쓰는 순서는 받는 사람, 첫 인사, 할 말, 끝 인사, 쓴 날짜, 쓴 사람 순이에요.

초판 1쇄 인쇄 | 2022년 6월 15일
초판 1쇄 발행 | 2022년 6월 20일

글 | 고정욱
그림 | 송다미
펴낸이 | 김영대
펴낸곳 | 도서출판 명주
출판등록 | 2011년 7월 20일(제 301-2013-083)
주소 | 서울특별시 강동구 천중로42길 45 2층
전화 | 02-485-1988
팩스 | 02-485-1488
ISBN 978-89-6985-016-4

ⓒ 고정욱, 송다미 2022
정가 14,000원

* 8세 이상 어린이들을 위한 책입니다
* 잘못된 책은 바꾸어 드립니다.